Le père aliénant

José Carcel

Le père aliénant

Roman

LE LYS BLEU
EDITIONS

ISBN : 979-10-377-4885-0

Du même auteur

Au pays de l'autre, 2007, Éditeur Indépendant ;

L'écho des voix et du silence, 2007, Éditeur Indépendant ;

Le clown pleureur, 2008, Édilivre ;

L'échelle, 2008, Édilivre ;

La nuit des tambours, 2008, Édilivre ;

Le chant des sirènes, 2008, Édilivre ;

L'Architecte, 2008, Édilivre ;

Voyage au-delà du miroir, 2008, Édilivre ;

Capucine, passage d'un monde à l'autre, 2008, Édilivre ;

Les plus beaux sentiments, 2008, Édilivre ;

La dernière rive, 2008, Édilivre ;

Le temple invisible, 2008, Édilivre ;

Sur le chemin du souvenir, 2008, Édilivre ;

Sur le chemin des oubliés, 2008, Édilivre ;

Les naufragés de la vie, 2008, Édilivre ;

Félix, le père parfait, 2008, Édilivre ;

Le visage et le regard, 2008, Édilivre ;

La chose, 2008, Édilivre ;
Les retrouvailles, 2009, Édilivre ;
Quand l'automne arrivera, 2009, Édilivre ;
Le fils du poète, 2009, Édilivre ;
La bête folle, 2009, Édilivre ;
Les mauvais bergers, 2009, Édilivre ;
Le petit chercheur, 2009, Édilivre ;
L'hystérie de conversion, 2009, Édilivre ;
L'autre pays, 2010, Édilivre ;
Le cirque universel, 2010, Édilivre ;
Le grand rocher, 2010, Édilivre ;
Mon île, 2016, Édilivre ;
Les quatre mondes de Narcisse, 2016, Édilivre ;
Mon enfant a été tué au nom de Dieu, 2016, Édilivre ;
L'héritière, 2016, Édilivre ;
Le fils de l'autre, 2016, Édilivre ;
Le postier et l'homme de lettres, 2016, Édilivre ;
Émeraude et moi, 2016, Édilivre ;
Un train peut en cacher un autre, 2019, Édilivre ;
Le poète disparu, 2019, Édilivre ;

Cinq pièces de théâtre, 2019, Édilivre :
Quand on n'a que l'amour ;
Le dimitrisme ;
La pierre brute ;
L'emprise ;
Un heureux évènement ;

De l'univers psychologique à l'univers initiatique, 2019, Édilivre ;

D'un inconnu à l'autre, 2021, Le Lys Bleu Éditions ;

L'Espoir sinon rien ! 2021, Le Lys Bleu Éditions ;

Le procès du Procureur Félon, 2021, Spinelle.

Le 1er octobre 2021 sur la rive droite de la Seine

Paul lisait l'article publié dans journal *l'Arrière-plan* relatant « l'affaire » de monsieur Robert Ledingue, surnommé par les médias « le père aliénant ». Il leva la tête et se retourna vers Justin.

— C'est incompréhensible, voici la décision du procureur : « À défaut de preuves tangibles, la plainte d'Aline contre monsieur Ledingue a été classée sans suite. »

— C'est normal, le procureur a considéré qu'il n'y avait pas d'infraction pénale.

— Normal ! C'est plutôt dingue ! Les maltraitances intrafamiliales, les insultes, la manipulation, les menaces de mort, les violences et les chantages dont ont été victimes la mère et l'enfant de la part de monsieur Ledingue sont pourtant des faits avérés. Ledingue et tous ceux qui lui ressemblent s'en sortent bien… Ils sont très forts pour berner les juges.

— Les juges sont dépassés, ils n'ont pas les moyens de faire face au fléau des maltraitances perpétrées par les pères désespérés… Il paraît qu'il y a une corrélation entre les maltraitances, le chômage et la pauvreté.

— Le chômage et la pauvreté n'expliquent pas tout. Chez les riches, les puissants, les chefs d'entreprises et chez les intellectuels, elles existent aussi. Il faudrait regarder plus du côté de la personnalité des pères maltraitants que de leur portefeuille ou de leur statut dans la société.

— Je suis d'accord avec toi.

— Justin, je vais écrire un livre sur la personnalité des « pères aliénants »…

— Sur monsieur Robert Ledingue ?

— Oui.

— Crois-tu que les magistrats ignorent la personnalité des « pères maltraitants » ?

— Je ne parle pas des « pères maltraitants », je parle des « pères aliénants », il ne faut pas les confondre.

— Tu joues sur les mots. Je te fais remarquer que le « père aliénant » n'existe que dans l'imaginaire des psys.

— Tu te trompes, il existe bel et bien. Mais on refuse de le voir.

— Voyons, Paul, je ne suis pas encore magistrat, mais on m'a appris à l'école de la magistrature que le « père aliénant » n'est rien d'autre qu'un père maltraitant comme les autres.

— Tu fais erreur, le « père aliénant » est un « maltraitant particulier ».

— Je ne vois pas en quoi il est différent des autres.

— Il n'est pire aveugle que celui qui ne veut pas voir. Justin, en tant que futur magistrat, tu devrais t'intéresser aux agissements des « pères aliénants », ils représentent la peste dans les familles. Tu n'écoutes pas les actualités ? Il ne se passe un jour sans qu'on ne parle des drames intrafamiliaux provoqués par ces sinistres personnages.

— Je sais, on en parle partout. Ils sont devenus le sujet à la mode cher aux féministes en mal d'identité. Avant, on parlait des « pères pervers narcissiques », maintenant, on parle des « pères aliénants »…

— Ce n'est pas une mode, c'est une triste réalité. Il ne t'a pas échappé qu'en 2021 les débats sur les maltraitances intrafamiliales se multiplient dans les associations et sur les chaînes de télévision. Tous les participants dénoncent avec force l'inaction de la justice et les brutalités physiques et psychologiques que les « pères aliénants » infligent aux mères et aux enfants, ils encouragent les victimes à porter plainte, une, deux, trois fois, et plus s'il le faut.

— C'est un bon conseil, le procureur est là pour les protéger.

— Le *procureur*… que tu es naïf ! Malgré les signalements, malgré les plaintes, malgré les preuves fournies, malgré les témoignages accablants, malgré les demandes d'aide et de protection, le plus souvent le procureur les classe sans suite. Puis, la seule raison invoquée à l'attention des victimes se résume à une phrase lapidaire, incompréhensible et blessante : « à défaut de preuves tangibles, la plainte a été classée sans suite ».

— Paul, la justice n'est pas une science exacte.

— Il n'est pas étonnant d'entendre dire partout : « je ne crois plus en la justice, je ne fais pas confiance aux juges. Tiens, j'ai rencontré quelqu'un qui m'a dit : « Il faudrait mettre en place un système d'évaluation des plaintes fondé sur l'intelligence artificielle. »

— Quelle énormité !

— L'idée est séduisante, « l'intelligence artificielle » aurait le mérite d'écarter la subjectivité des procureurs.

— Arrête de dire n'importe quoi, c'est une idée folle.

— Pas tant que ça. Selon une enquête récente, la subjectivité du procureur joue un rôle important dans l'appréciation de faits et dans ses décisions.

— Paul, tu sais bien que dans le domaine des violences intrafamiliales, les procureurs n'ont pas une tâche facile d'autant plus que les agresseurs ne laissent pas de traces visibles derrière eux.

— Parfois, ils laissent des écrits d'insultes, de menaces ou de chantage. Toujours, ils manipulent l'enfant pour atteindre leurs objectifs. Mais, manifestement, cela ne constitue pas une « preuve » !

— Paul, n'oublie pas qu'avant de décider de la suite à donner aux plaintes, le procureur écoute la parole de la mère, de l'enfant et du père…

— Mon pauvre Justin ! Avec les « pères aliénants », parole contre parole, quelle que soit la souffrance qu'ils infligent à la victime, le doute bénéficie toujours au bourreau ! La parole de la victime est souvent bafouée, disqualifiée. Tout à coup, elle se retrouve humiliée, impuissante, victime de la « double peine ». L'agresseur, lui, est lavé de tout soupçon, conforté dans son sentiment de toute puissance et d'impunité ! On voit bien qu'à défaut de sang, d'hématomes ou de fractures ouvertes, les procureurs se contentent d'arrêter la procédure. Ils se fichent des blessures invisibles…

— Ce n'est pas vrai, depuis quelque temps, ils sont très sensibles à toutes les formes de maltraitances physiques et psychologiques.

— En théorie, seulement en théorie. Hélas, quand la victime évoque « l'aliénation parentale », on lui dit souvent :

« Vous avez dit "aliénation parentale" ? Circulez, il n'y a rien à voir ! »

— C'est normal, le « syndrome d'aliénation parentale », dit le SAP, est une idée sans contenu…

— Ah bon ! Écoute ce que dit R. A. Gardiner, pédopsychiatre : *L'aliénation parentale se caractérise par une campagne de dénigrement d'un enfant contre un parent, processus résultant d'un travail de manipulation pouvant aller jusqu'au lavage du cerveau et qui consiste à programmer un enfant pour qu'il haïsse l'un de ses parents, sans que ce ne soit justifié. Lorsque le symptôme est présent, l'enfant apporte sa propre contribution à la campagne de dénigrement du parent aliéné.*

— Si c'est vrai ce qu'il dit, en effet c'est invraisemblable de dire à la victime : « Circulez, il n'y a rien à voir ! »

— Mon cher Justin, tu peux le croire. Le « père aliénant » n'est pas une fiction, c'est une réalité, il représente sans doute le « maltraitant » intrafamilial le plus sordide, le plus destructeur et le plus toxique pour l'enfant. Hélas, la justice ne considère pas ses agissements comme un délit ! Certes, quand une maman meurt de chagrin et sous les coups de son tortionnaire ou quand un enfant aliéné se drogue ou se suicide à cause de la pression du « père aliénant », les magistrats s'empressent de prendre « l'affaire » en main sous une autre qualification…

hélas, souvent, trop tard. Justin, j'ai envie de te dire une chose…

— Je t'écoute.

— Quand les plaintes des victimes sont classées sans suite injustement, quand l'irréparable a lieu, pourquoi les gendarmes, le procureur et les magistrats ne sont-ils pas poursuivis, jugés et condamnés pour non-assistance à personne en danger ? La loi sur la non-assistance à personne en danger concerne tous les citoyens. Elle dit : *Quiconque pouvant empêcher par son action immédiate, sans risque pour lui ou pour les tiers, soit un crime, soit un délit contre l'intégrité corporelle de la personne s'abstient volontairement de le faire est puni de cinq ans d'emprisonnement et de 75 000 euros d'amende. (Article 223-6 du Code Pénal)*

— Les juges ne sont pas des citoyens comme les autres…

— Ah bon ! Sont-ils au-dessus des lois ?

— Non, mais…

— Mais quoi ? Quand ils commettent des fautes, il faudrait les poursuivre comme les autres, non ?

— Tu parlais du « père aliénant » et tout à coup tu parles des magistrats…

— C'est normal. Il ne t'a pas échappé que la plupart des magistrats n'aiment pas entendre parler du « père aliénant ». Manifestement, c'est un concept qui les heurte et les dérange, je me demande pourquoi. Toi, le futur magistrat, as-tu une explication ?

— Je n'ai pas la moindre idée, quand j'aurai mon « permis de juger » je te la donnerai !

— Ton « permis de juger »… c'est redoutable d'avoir le « permis de juger » à 24 ans ! Bon, revenons à notre sujet. Je te disais que de toute évidence l'évocation du « père aliénant » dérange les magistrats. Je ne vois pas pourquoi ils veulent ignorer son existence et le traiter comme s'il était un simple « père maltraitant ».

— La réponse est simple : il existe une loi pour punir les maltraitances des pères en général. Le « père aliénant » dont tu parles n'apparait nulle part. Les législateurs n'ont pas légiféré sur les supposés « pères aliénants »…

— « Supposés »… les motivations de leurs conduites sont « particulières », spécifiques de leur état mental.

— Comme tu voudras, la réalité est qu'ils sont considérés par la loi comme simples pères maltraitants.

— C'est scandaleux, on a bien légiféré pour punir le vol d'une orange dans un supermarché et on ne légifère pas pour punir l'aliénation des enfants au sein des familles ! Comprenne qui pourra !

— Paul, peux-tu me dire en quoi le « père aliénant » est si différent du père maltraitant ?

— C'est une excellente question. C'est comme si tu demandais quelle est la différence entre une pomme et une poire. On ne peut comparer que ce qui est comparable. On ne peut pas comparer le « père aliénant » au père maltraitant même s'ils ont en commun les conduites maltraitantes. Tu vois, à un moment donné de la vie, n'importe quel père peut devenir « maltraitant » sans être pour autant un « père aliénant ». Je te fais remarquer que n'est pas « père aliénant » qui veut, seulement celui qui a besoin de détruire l'autre pour exister.

— Qu'est-ce que tu as dit ?

— Écoute bien. J'ai dit : « n'est pas "père aliénant" qui veut, seulement celui qui a besoin de détruire l'autre pour exister ». Je précise que le père maltraitant occasionnel n'éprouve pas le besoin de détruire pour exister. Il y a un fossé gigantesque entre les motivations de l'un et de l'autre.

— C'est grave d'avoir besoin de détruire l'autre pour exister.

— Oui, c'est très grave, surtout quand les victimes sont la mère et l'enfant.

— L'enfant aussi ?

— Oui, surtout l'enfant. Sache que le « père aliénant » est un « tueur » de l'image de la mère dans le cœur de l'enfant.

— C’est monstrueux. Comment peut-il faire une chose pareille ?

— Voilà la question qu’il faut élucider. Pour l’instant, j’ai envie de te répondre qu’il fait une « chose pareille » parce qu’il a la particularité de « tuer » réellement et symboliquement sans souffrir, sans ressentir le moindre sentiment de culpabilité. Il peut tout faire, tout dire, punir, dénigrer, mentir, insulter, détruire, car il n’a pas de limites dans sa tête, rien ne peut l’atteindre, ni le contenir. Au fond de lui-même, il n’a aucune conscience du bien et du mal. Chez lui, le besoin d’éliminer l’autre est vital. Lorsqu’on l’observe « agir », rien n’indique véritablement son appartenance à l’univers des hommes humanisés. Certes, en toute circonstance il se donne à voir avec son plus beau « plumage », il « chante » comme un rossignol et parle brillamment des idéaux, de l’amour et de la loi… Mais, en réalité, il n’a que deux objectifs : « tuer » l’image de la mère dans le cœur de l’enfant et faire de l’enfant un « petit soldat » programmé pour la haïr, la dénigrer, la détruire et l’exclure de sa vie. Ses beaux discours et son beau « plumage »… ce n’est que du vent, une apparence pour tromper et charmer le voisinage, les professeurs des écoles, l’assistante sociale, les gendarmes, les experts et les magistrats.

— C’est un personnage effrayant ! A-t-on une idée du monde dans lequel il vit ?

— Disons qu'il vit dans un monde qui s'apparente à une « impasse ». Tu vois, un père deviendra un père maltraitant parce qu'il est hors de lui-même, parce qu'il est submergé par la souffrance… un père deviendra « père aliénant » parce qu'il a été lui-même « aliéné » dès son jeune âge. En d'autres termes, il faut avoir été aliéné par l'un des parents ou par les deux pour devenir à son tour un « père aliénant ». Au terme de ce processus, la vie tout entière du « père aliénant » s'apparente à celle d'un « moribond psychique » en errance en quête de proies, d'abord, dans la fratrie, puis, dans l'école, dans les relations amicales, dans le travail, dans la vie de couple et, finalement, dans sa propre famille, bref, il déploie ses désirs de mort dans tous les secteurs de la vie. Voilà son désir, voilà son monde !

— Il est fou ?

— Il est certainement pathologique, mais pas fou comme les vrais fous. Sa conscience n'est pas altérée.

— S'il a conscience de ce qu'il fait, pourquoi il fait le mal ?

— Cela lui permet de ne pas sombrer dans la vraie folie. Il faut savoir que ce qu'il redoute le plus ce n'est pas de « vivre » dans une « impasse », ce n'est pas non plus d'être contraint à la répétition permanente du même « schéma existentiel », c'est de sombrer dans la folie.

— Tu le décris comme s'il était un vampire.

— Exact. C'est un « vampire » ! Comme les vampires, il a besoin du sang de ses victimes pour vivre et faire semblant d'exister. Il est incapable de faire autrement.

— Ah bon !

— Pour que tu comprennes mieux, je vais te dire un mot sur la vie du « père normal », parfois maltraitant.

— Ça m'intéresse.

— La vie du père normal ressemble au tableau périodique des éléments de Mendeleïev.

— Qu'est-ce que cela veut dire ?

— Écoute bien. De même qu'il y a des familles d'atomes à 1, 2, 3, 4… n, couches d'électrons, il y a dans la vie du sujet normal des formes existentielles de premier, deuxième, troisième et quatrième niveau, chaque forme existentielle se distinguant de la précédente du fait de l'ajout d'un élément nouveau qui induit une modification dans son psychisme. Le passage d'une forme existentielle à l'autre va dans le sens d'une autonomisation croissante. Chez le « père aliénant », l'analogie avec le tableau périodique des éléments de Mendeleïev ne fonctionne pas, car il est fixé à une forme d'existence où rien ne vient induire une modification de sa façon d'être. Voilà pourquoi sa vie se déroule au sein d'une « impasse » infernale ! Si tu observes le mode opératoire avec ses victimes, tu verras qu'il procède toujours, en actes et en paroles, de la même façon, aussi bien dans l'espace que dans le temps ! Ses « projets » ne sont en réalité que la répétition d'un même « trajet » qu'il met en scène indéfiniment comme un fauve enfermé dans un enclos. Ses victimes le disent bien, « voilà, il recommence exactement comme le mois dernier, il fait pareil que l'année dernière ». Eh oui, il « agit » comme un « aliéné », il est contraint à reproduire le même scénario, le même « trajet » comportemental que son propre père, aliénant aussi.

— C'est pour ça qu'on dit « tel père tel fils » ?

— Je disais tout à l'heure qu'un enfant deviendrait un « père aliénant » parce qu'il a été aliéné par son père. Certes, il peut exister, peut-être, des « pères aliénants » sans avoir eu nécessairement un père aliénant, mais cela ne serait que l'exception qui confirme la règle générale. L'expression « tel père tel fils » vient signifier le rôle déterminant de l'identification inconsciente à l'image parentale « aliénante ». Je dois t'avouer que je n'ai jamais rencontré un seul « père aliénant » ayant évolué dans un contexte familial normal, en revanche, j'ai rencontré nombreux « pères aliénants » dont la plupart des enfants sont devenus à leur tour « pères aliénants ».

— Cela s'explique par un phénomène d'imitation ?

— Mais non, cela s'explique par l'identification inconsciente au « père aliénant ».

— C'est donc par l'identification que l'enfant aliéné devient lui-même aliénant ?

— Oui, c'est en s'identifiant que l'enfant aliéné apprend à regarder l'autre et le monde avec les yeux du « père aliénant ».

— Tu parles du regard… c'est quelque chose qui m'a toujours intéressé.

— Ah le regard ! Mieux vaudrait être infirme de la vue que du regard ! Je pense qu'il existe quatre façons de regarder l'autre et le monde : la première est celle du petit enfant qui les regarde en se confondant avec eux ; la deuxième est celle du jeune l'enfant qui les regarde avec les yeux de ses parents ; la troisième est celle de l'adulte qui croit les regarder avec les siens ; la quatrième est celle du sage qui les regarde avec ses propres yeux. Comme je t'ai déjà dit, l'enfant aliéné ne les regarde qu'avec les yeux du parent aliénant !

— Paul, de quoi a-t-il peur ?

— Je te l'ai déjà dit, il craint de sombrer dans la folie. Il faut savoir encore que sa vie est assujettie à l'angoisse de néantisation de soi, c'est-à-dire, la crainte de la perte de soi, d'un retour au néant. Ce fantasme détermine, en grande partie à son insu, ses pensées et ses actes, il renvoie aux premières expériences du développement psychique. En ce sens, sa crainte fondamentale n'est pas étrangère à celle du psychotique. Certes, il n'est pas psychotique, mais il pourrait le devenir.

— J'ai compris qu'il a tendance à entretenir une relation mortifère avec l'enfant, donne-t-il d'autres signes permettant de le reconnaître ?

— Oui, par exemple, la tendance à inventer un « monde » pétri de fausses accusations et de mensonges. Tu vois, pour juguler l'angoisse de néantisation, le psychotique délire, le « père aliénant » ment volontairement, en général il invente une histoire fausse peuplée d'évènements et de personnages dans le but de détruire l'autre parent, bien sûr, avec le concours de l'enfant.

— Si je comprends bien, le mensonge est au « père aliénant » ce que le délire est au psychotique.

— Parfaitement.

— Paul, que penses-tu de monsieur Ledingue ? J'aimerais que tu parles de lui.

— D'accord. Il représente le meilleur exemple pour illustrer les agissements du « père aliénant ».

— Je t'écoute.

— Je me souviens de son histoire… une histoire tragique pour la mère et l'enfant.

— Raconte…

— Je l'ai rencontré il y a dix ans à la demande du juge des Affaires familiales. Je serais curieux de savoir ce qu'il est devenu.

Ledingue était un homme envahi par le désir de vengeance. Au moment où je l'ai rencontré, son fils, Gabriel, était âgé de 12 ans. Au terme d'une manipulation affreuse, il fit de l'enfant un « petit soldat » programmé pour dénigrer et détruire sa mère. Il lui disait sans cesse : « Ta mère est une mauvaise mère, il ne faut pas être gentil avec elle, c'est une bonne à rien, elle ne t'aime pas, etc., etc. »

— Pourquoi il lui disait ça ?

— Il n'avait pas « digéré » le divorce que sa femme, Aline, lui avait imposé, mais les véritables raisons étaient ailleurs. Profondément blessé, jour après jour il s'acharnait à mettre l'enfant contre sa mère en l'accusant d'avoir voulu « l'éliminer » avant sa naissance, de ne pas l'aimer et d'avoir voulu l'abandonner. Sous la pression et les mensonges de son père, Gabriel suivait à la lettre les consignes de son père pour détruire sa mère. Ledingue était comme tous les « pères aliénants », un homme sans paroles, un menteur, un lâche sans honneur. Il était l'ainé d'une fratrie de trois enfants, il avait évolué au sein d'une famille que les psys qualifient « famille incestueuse ». En d'autres termes, une famille où tout était confus aussi bien dans l'espace que dans les relations. Il y régnait un climat empoisonné par la loi du père tout-puissant qui empêchait la mère et les enfants de prendre leur place. Un jour, sous les conseils de son médecin, la mère de Robert Ledingue fit ses valises pour échapper à la tyrannie de son mari, monsieur Antoine Ledingue. Après une période d'insultes, de menaces et de chantages, Antoine Ledingue comprit qu'elle ne rejoindrait plus jamais le domicile familial, alors il élaborera un plan machiavélique pour la détruire avec le concours de son fils, Gabriel Ledingue. J'évoque l'expérience de son père pour que tu comprennes que les « pères aliénants » ne sont que les maillons d'une chaîne qui se perpétue de génération en génération. Le grand-père de Gabriel avait été lui-même « père aliénant ». Il faut savoir qu'avant de devenir « pères aliénants », tous les membres de la famille Ledingue avaient été aliénés, maltraités, au cours de leur enfance. C'est le « schéma » classique.

Vingt ans plus tard, Robert Ledingue se maria avec Aline, il l'avait séduite avec ses beaux discours et ses belles promesses. Elle ignorait son passé, elle ignorait ce qui « l'habitait ». Au cours des premières années de vie commune, il commença à se montrer tyrannique avec son épouse et avec son fils âgé de trois ans. « La loi, c'est moi », disait-il toujours en frappant violemment son fils. La jeune maman n'avait d'autre choix que de se taire et d'accepter tous ses désirs. Un jour, suite à une altercation violente, elle quitta le domicile conjugal. L'enfant avait alors 12 ans. Le départ de la jeune femme avait réactivé quelque chose d'insupportable chez Ledingue. Il le disait lui-même : « Je sens que le monde s'écroule sous mes pieds… reviens, rien ne sera plus comme avant, reviens ! » Quand il prit conscience qu'elle ne reviendrait plus, il décida de mettre en scène un « plan machiavélique » pour la détruire en instrumentalisant son fils afin de le dresser contre sa mère.

— Quelle ordure ! Je vois mieux ce qu'est un « père aliénant », tu devrais en parler aux magistrats.

— D'autres l'ont déjà fait.

— Pourquoi ils ne les écoutent pas ?

— C'est dramatique, mais c'est comme ça.

— Comment se comportait Gabriel avec sa mère ?

— Il jouait la « partition » inventée par son père. Ledingue le soutenait et restait derrière lui sans dire mot. Quand il lui parlait, c'était pour lui dire qu'il l'aimait, qu'il ne vivait que pour lui. Pour plaire à son père, le jeune Gabriel dit à la juge aux affaires familiales :

J'aime mon papa de tout mon cœur, il est parfait, bon et généreux. Il est très intelligent, il est le meilleur papa du monde, il m'aime beaucoup, je veux vivre avec lui. Je n'aime pas ma maman. Je ne veux plus la voir de toute ma vie, elle est méchante, elle ne me donne pas à manger, je la déteste, elle ne pense qu'à son ego, elle est frivole, elle fait et dit n'importe quoi contre moi et contre mon papa. J'adore mon papa, je hais ma maman, elle me pourrit la vie, j'ai la haine pour elle. C'est mon choix de ne pas aller voir ma maman, elle ferait mieux d'être morte. Je suis très heureux depuis que je ne la vois plus, bon débarras, ça me rend malade de la voir, ça ne sert à rien de la voir, elle ne vit que pour sa belle image.

— C'est dégoûtant.

— C'est criminel. L'endoctrinement qu'il avait subi était purement et simplement criminel. Le rôle de « justicier » qu'il lui avait donné, c'était tout aussi criminel. Les conséquences à court et à long terme pour l'enfant furent catastrophiques.

— La juge l'avait cru ?

— Bien sûr ! Tu sais, il y a des magistrats qui n'ont aucun problème à prendre les vessies pour des lanternes.

— Robert Ledingue n'avait pas conscience de la portée de ses actes ?

— Comme tous les « pères aliénants », il se fichait du malheur qu'il répandait autour de lui. Bien sûr, devant le magistrat il se présentait comme le « bon parent », soucieux du bonheur de l'enfant, grand protecteur du « danger » que représentait, selon lui, la mère, Et la juge aux affaires familiales le croyait… !

— Quelle catastrophe ! Pourquoi l'enfant parlait comme ça de sa mère ?

— En somme, parce qu'il était manipulé, mais aussi parce qu'il avait peur de perdre l'amour du père idéalisé, pour préserver les avantages qu'il tirait en dénigrant la mère, mais aussi pour se protéger de l'agressivité de son père dont il avait été victime dans le passé. N'oublie pas qu'avant d'avoir été aliéné, il avait été rejeté, maltraité physiquement et psychologiquement.

— Merci Paul. Je vois que le « père aliénant » n'est pas un père maltraitant comme les autres.

— Non, loin de là.

— Tu disais : « n'est pas "père aliénant" qui veut… »

— C'est vrai, personne ne choisit d'être « père aliénant », névrosé, dépressif ou psychotique. Ledingue l'était devenu à cause des blessures de l'enfance… puis, la réactivation des « blessures » anciennes l'avait poussé à se venger de son « ex » en faisant croire aux magistrats, à l'enfant et à son entourage qu'elle avait tous les torts. Lui, il n'était jamais responsable de rien, il ne se mettait jamais en question. Et pour cause, il se croyait « parfait » ! Mon cher Justin, un « père aliénant » justifie toujours l'injustifiable, il attribue toujours à l'autre ses propres désirs destructeurs !

— Tu veux dire qu'il se sent persécuté ?

— Non, il met en scène la stratégie du père « persécuté », bafoué, humilié, dénigré…

— Je vois, le monde à l'envers.

*

Le 3 octobre 2021

Il était huit heures du matin quand Justin frappa à la porte de Paul.

— Salut Paul ! En venant chez toi, j'ai écouté à la radio les déclarations d'une femme victime d'un « père aliénant », elle disait de son bourreau les mêmes choses que tu disais sur Robert Ledingue.

— Cela ne m'étonne pas, comme les dépressifs ou les psychotiques, tous les « pères aliénants » se ressemblent comme des jumeaux.

— Tu m'offres un café ?

— Volontiers.

— J'ai eu du mal à dormir cette nuit…

— Tiens, bois ton café, ça te fera du bien.

— Paul, j'ai téléphoné à un ami magistrat, je lui ai parlé du « père aliénant »…

— Et alors ?

— Il m'a dit : « Fiche-moi la paix, je ne veux pas en entendre parler. »

— Je te l'avais dit, quand on leur parle du « père aliénant », certains s'énervent aussitôt.

— Selon lui, le « père aliénant », c'est une idée des psys.

— C'est vrai, en tant que malade mental son mode d'existence relève des psys. Mais ses actes et paroles relèvent aussi de la justice.

— Quel est son problème mental ?

— Disons que son problème « parle » d'un problème humain universel, le désir d'emprise.

— « Parle » d'un problème humain universel, qu'est-ce que tu veux dire ?

— Le désir d'emprise nous révèle, négativement, ce que nous sommes.

— C'est épatant, c'est comme si tu disais qu'il est à l'homme ce qu'est le prisme est à la lumière.

— Exactement. Il est en quelque sorte un révélateur, parmi d'autres, des « couleurs de l'âme humaine ».

— Quelles sont les « couleurs de l'âme humaine » ?

— Tu poses une question complexe à laquelle il est impossible de répondre complètement. Certes, la psychologie a fait des progrès, mais elle est très loin d'avoir fait le tour des « couleurs » de « l'âme humaine ». À coup sûr, elle n'arrivera jamais à pouvoir dire : « voilà les "couleurs" de l'âme humaine ! ». Tu sais, l'être humain est irréductible aux « couleurs » qu'il donne à voir. Et c'est mieux comme ça. J'ai une idée sur les « couleurs » du psychisme humain, mais je ne saurai pas te dire « voilà ses couleurs » !

— Je croyais que la psychanalyse l'avait exploré…

— Mon cher Justin, tu n'es pas le seul à confondre la croyance avec la science, beaucoup de psychanalystes, notamment les « lacaniens », partagent ta croyance… Comme les astronautes, ils ne sont qu'au début de l'exploration de l'univers psychique… bien sûr, rien ne leur interdit de rêver de la conquête des galaxies lointaines !

— Moqueur !

— Gentil moqueur ! J'aime bien me moquer, fraternellement, des « lacaniens », surtout quand ils parlent la « langue » de Lacan… Bon, laisse tomber pour l'instant les « couleurs de l'âme humaine » et revenons à celles du « père aliénant »…

— Quelles étaient les couleurs de « l'âme de monsieur Ledingue » ? Je te pose la question, mais je connais d'avance ta réponse. Tu vas me dire que les couleurs de son âme étaient celles d'une crapule, d'une ordure !

— Pas si vite, Justin, c'est sûr qu'il se comportait comme une ordure, mais je ne me permettrais pas de réduire les couleurs de son « âme » aux parfums nauséabonds qui émanaient de ses actes.

— Bon sang, tu es difficile à suivre. Pour moi, il est bel et bien une sale ordure. Un point c'est tout.

— « Il est », « il est »... quand on parle de l'être humain, je préfère parler plutôt de ce qu'il est devenu.

— Tu m'intéresses, comment est-il devenu une ordure ?

— Prenons l'exemple de la lumière jaune. Pourquoi est-elle devenue jaune ? Sinon à cause du mélange des couleurs primaires, le rouge, le bleu et le vert. La couleur « jaune » n'est qu'une expression secondaire du mélange des couleurs primaires qui constituent la lumière.

— Quel rapport avec le fait que Ledingue soit une ordure ?

— Réfléchis un instant. Le jaune est à la lumière ce que l'ordure est à Ledingue. À l'origine, il était comme toi et moi, il était constitué d'un ensemble d'éléments primaires – les pulsions – dont l'organisation s'est soldée, chez lui, par l'élaboration d'un mode d'existence « ordurier ». C'était la « couleur existentielle » visible de sa vie. Mais ce n'est pas parce qu'il est une ordure qu'il n'était pas un homme avec un « bagage » comme tous les autres.

— Tu compliques les choses, pour moi, Ledingue est une ordure...

— D'accord, il s'est développé psychologiquement comme une ordure, mais il ne faut pas confondre l'être et le devenir, la « lumière » et le « jaune ». Je répète, il se comportait comme une ordure, mais, en réalité, il était devenu une « ordure » parce qu'il avait vécu une série d'évènements aliénants.

— Ton raisonnement de psy se tient, n'empêche qu'il était une sale crapule.

— Soit.

— Tu parles d'une série d'évènements aliénants… lesquels ?

— Écoute. Le développement psychoaffectif de Ledingue s'articulait, d'abord, autour d'un « noyau » central, le père, puis…

— Paul, ce n'est pas la peine de remonter dans son passé pour comprendre qu'il était une ordure.

— Mon cher Justin, tu n'es pas obligé de l'appeler « ordure ». Si tu m'interromps, je n'arriverai pas à dire ce que j'ai à dire.

— Excuse-moi, Paul,

— Bon, je disais que le développement psychoaffectif de Robert Ledingue s'articulait, d'abord, autour d'un « noyau » central, le père, puis autour des blessures de l'enfance. Parlons d'abord de la relation qu'il avait avec son père.

— J'ai hâte de connaître le rôle du « noyau » !

— Quand Robert Ledingue est né, son père s'est exclamé : « C'est la plus belle chose de ma vie ! »

La sage-femme l'a repris aussitôt : « Monsieur, l'enfant n'est pas une chose. » Il s'est mis en colère, a arraché l'enfant des bras de sa mère et a crié : « Il est à moi, à moi tout seul ! » Comme la maman pleurait, il lui a dit avec un sourire conquérant : « Pauvre conne, si tu n'es pas contente, consulte un psychiatre. » C'est ainsi que tout a commencé à la maternité. Arrivés au domicile, le père ne donnait pas le droit à la maman de changer les couches à son enfant ni de lui donner le bain et le biberon, elle était invitée à contempler en silence les soins qu'il prodiguait à l'enfant. Après le biberon, il enlevait la chemise et déposait le bébé poitrine contre poitrine. Contre l'avis de la maman, il dormait avec l'enfant sur son torse. Eh oui, disait-il : « J'assume mon rôle de père-maman. » Quand la maman contrariait ses désirs de « père-maman », il lui disait d'un ton agressif : « Toi, tu ne sais pas faire. Un jour, l'enfant saura que j'ai tout fait pour lui sauf l'accoucher. » La jeune maman profitait de ses absences pour s'occuper de son enfant.

À deux ans, Robert Ledingue pleurait systématiquement lorsque son père le prenait dans ses bras. Le père ne supportait pas les pleurs de l'enfant, il les vivait comme une frustration insupportable. « Moi, qui lui ai tout donné, voilà ce qu'il me donne en retour », disait-il en colère en le frappant sur la tête. Soudain, il se mit à interpréter les pleurs de l'enfant comme une manipulation de la part de la maman.

Quand il avait atteint l'âge de dire « non », le « père-maman » devint tout à coup une « peste » pour l'enfant. Il le frappait pour un rien, l'obligeait à avaler les aliments qu'il n'aimait pas, le traitait de « fou », de « con » et toutes sortes de noms d'oiseaux. Des années durant, le « père-maman » s'employait à disqualifier son fils, à le rejeter violemment. Il criait dans la maison : « Qu'est-ce que je vais faire de ce fou ? » C'était comme ça jour après jour. La maman faisait tout ce qu'elle pouvait pour protéger son fils, ce qui contribuait à accroître l'animosité du père à l'encontre de l'enfant et de la mère. Alertée par le danger qu'il représente pour elle et pour l'enfant, elle fit le choix de le quitter.

— Au fait, Robert Ledingue a vécu avec son père la même chose qu'il avait fait vivre à son enfant.

— En effet, dans la famille Ledingue l'histoire se répète de génération en génération. L'identification à son père, puis les blessures de l'enfance ont conduit Robert Ledingue à reproduire le même schéma comportemental.

— Tu parles comme un psychologue pour ne pas dire simplement : « Il a été une ordure comme son père. » Comme ça, tout le monde peut comprendre.

— Justin, arrête ! Il est devenu une ordure à cause de ce qu'il a vécu…

— Qu'est-ce que cela veut dire les « blessures de l'enfance » ?

— C'est une question très importante pour comprendre son devenir et la relation qu'il a entretenue à son tour avec son propre fils. Comme tu as pu t'en apercevoir, Robert Ledingue a souffert de blessures graves au cours de son enfance… son père avait un malin plaisir à l'humilier, le rejeter, le punir injustement, le violenter physiquement et psychologiquement. Cela pesait très lourd dans son esprit. Les conséquences n'ont pas tardé à se manifester, notamment sa certitude de ne pas être aimable, c'est-à-dire que personne, selon lui, ne pouvait l'aimer. C'était le drame de sa vie. Ce fut aussi le drame de son père et de son grand-père.

— Pourtant Robert Ledingue tenait à donner une bonne image de lui-même.

— Quand il disait « je suis un père parfait », il trompait les autres, mais il ne se mentait pas à lui-même. Au fond de lui-même, il avait une mauvaise image de soi. Il ne s'aimait pas. Il n'aimait pas les autres. Il n'aimait pas son fils. Il n'aimait pas la vie.

— C'est inouï, je vois mieux pourquoi sa vie était un « enfer »… mais pourquoi avait-il besoin de détruire la vie de la mère et celle de son fils ?

— Comme je t'ai déjà dit, cela lui permettait de vivre et faire semblant d'exister.

— Paul, j'aimerais te poser une question…

— Je t'en prie.

— Pourquoi veux-tu écrire un livre sur le « père aliénant » ?

— Pour des tas de raisons. D'abord, pour tenter de projeter un éclairage dans l'esprit des juges sur le « mal radical » qui habite le « père aliénant », puis parce qu'au-delà de ce qu'il nous donne à voir sur le plan intersubjectif et intra subjectif, il nous renvoie à d'autres formes d'aliénation.

— C'est-à-dire… ?

— Je pense à l'aliénation idéologique, politique, religieuse, économique, etc. L'aliénation nous guette de toutes parts, en nous-mêmes et hors de nous-mêmes.

— Si je comprends bien, pour toi, les racines des malheurs personnels et sociétaux il faut les chercher dans l'aliénation.

— J'en suis persuadé. Si elle n'existait pas, le monde serait un arbre de paix. Hélas, il faut admettre qu'elle fait partie de la vie de tous, de toutes les sociétés. Il fut un temps où l'on croyait qu'elle était « l'œuvre » du désir des dieux ! De toute évidence, c'est l'œuvre des hommes et de ses « créations ».

— Alors on peut dire « l'homme est un aliénant pour l'homme ».

— Je suis d'accord avec toi.

— Paul, j'aimerais revenir sur les blessures de l'enfance de Ledingue.

— Justin, tu parles des « blessures » de Robert Ledingue… je te fais remarquer qu'elles sont universelles. Lui, c'est l'exemple même de quelqu'un qui a fait une fixation pathologique sur l'une ou l'autre des « blessures ». Je précise que c'est le cas de tous les « pères aliénants ».

— Les « blessures universelles » dont tu parles datent-elles du jour de notre naissance ?

— Seul le traumatisme de la naissance date du jour de notre naissance, les autres datent du jour de notre éveil à l'autre, au monde, aux sentiments et aux désirs. Autrement dit, elles sont le résultat des évènements vécus au cours de notre existence et surtout de nos fantasmes et de nos angoisses. Disons qu'à la naissance nous sommes un « potentiel » que nous actualisons peu à peu au risque de se « blesser ».

— Tu m'intéresses. C'est quoi le « potentiel » ?

— C'est, disons que c'est en quelque sorte une « soupe » de pulsions indifférenciées.

— Cette « soupe » représente-t-elle l'aliénation absolue ?

— On peut le dire comme ça. Mais aussitôt, nous commençons le travail de différenciation. C'est ainsi que pas à pas nous devenons « quelqu'un ».

— Je comprends mieux pourquoi tu parlais du tableau périodique des éléments de Mendeleïev et de « l'impasse » dans laquelle vit le « père aliénant »… Au fait, le problème du « père aliénant » est un problème pulsionnel. J'ignore de quoi il s'agit, mais ça doit être grave.

— En effet, c'est grave. L'exacerbation de certaines pulsions explique les conduites pathologiques de Robert Ledingue.

— Tu devrais dire « ses conduites ordurières » !

— Justin, n'insiste pas. Les unes ne font que renforcer les autres.

— Paul, j'ai réfléchi au comportement de monsieur Ledingue… J'aimerais te poser une question : comment était-il au cours des premières années de sa vie ?

— Le jour où je l'ai examiné, il m'avait parlé de choses, sans doute en partie réelles, en partie fantasmées, qui évoquaient bien les difficultés qu'il avait rencontrées au cours de son enfance. Il disait :

J'ai été victime du rêve d'enfant de mon père avant d'exister dans le ventre de ma mère. J'ai été victime aussi de ses maltraitances alors que j'étais âgé de trois ans. J'ai été victime de ses manipulations dévastatrices pour m'obliger à dénigrer ma mère quand j'avais 12 ans. J'ai appris plus tard qu'avant que je n'existe dans la réalité, j'existais déjà dans le rêve de mon père. J'existais aussi dans le rêve de ma mère, mais il l'interdisait d'en parler. Ma mère se demandait inquiète : « Que va-t-il devenir s'il n'est pas à la hauteur de son rêve ? » Lorsque j'ai été conçu, mon père ne supportait pas que je sois dans le ventre maternel, ça a l'air fou, mais c'était comme ça, il était jaloux de ma mère. C'est lui-même qui me l'a dit plus tard. Ma mère avait vécu la grossesse dans un climat d'hostilité, d'angoisse et toutes sortes d'interrogations. Puis, je suis arrivé au monde « forcé », car je ne voulais pas sortir du ventre de ma mère. Je porte encore les marques sur mon visage. Ma naissance a imposé à mon père un travail de réaménagement entre la réalité de l'enfant que j'étais et l'enfant de son rêve. Bien sûr, je n'étais pas l'enfant dont il avait rêvé... Tout devint plus difficile et même dramatique lorsque j'ai commencé à l'âge de trois ans à exprimer mes désirs. Comme je voulais préserver une relation d'amour avec ma mère, cela rendait mon père fou de rage. Pourtant, ma mère lui donnait toute la place dans la gestion de la « loi », mais, même s'il incarnait et faisait « la loi » à sa guise, cela ne lui suffisait pas, il voulait être la loi et « ma maman ». Comme je refusais qu'il soit « ma maman », il commença à me maltraiter.

— Il avait un père dingue…

— Tous les enfants aliénés ont eu un père « dingue ». Ils empêchent leur enfant de vivre normalement ce que les psys appellent les « évènements structurants ».

— Pourquoi tu parles si peu de la mère ?

— Justin, le sujet de mon livre c'est le « père aliénant ». Tu sais, il existe aussi des « mères aliénantes », c'est pour ça qu'on parle du « syndrome d'aliénation parentale ». Je dirai quelques mots plus tard à son sujet.

— Tu parlais des « évènements structurants »…

— Oui. Ils représentent la pierre angulaire du développement psychique. Ils sont les mêmes pour tous, mais chacun les vit d'une façon singulière. Certains ne les vivent pas ou les vivent mal. Il s'agit notamment de la relation fusionnelle avec la mère, puis de l'expérience œdipienne. C'est là que se situe le problème de tous les malades mentaux. Pour comprendre l'histoire de Ledingue, il faut remonter à sa « préhistoire », c'est-à-dire aux premiers contacts avec le « monde » extérieur. Comme la mère était « interdite » de s'occuper de son fils en tant que « milieu contenant », il fut privé dès l'aube de sa vie de quelque chose d'essentiel. Rappelle-toi, le Petit Robert était la « chose » de son père, or ; il est impossible pour un « enfant-chose » de vivre la relation fusionnelle dont il a besoin. Son père croyait que le contact peau à peau avec lui pouvait se substituer au contact maternel.

— Quel abruti !

— Justin, ce que je viens de te dire là est très important. Quand le père voit son enfant comme un « enfant-chose » à coup sûr l'enfant deviendra son « soldat », puis « père aliénant » à son tour… Tu vois, le devenir de l'enfant s'enracine dans la « préhistoire » de sa vie…

— Merci Paul. Tu viens de me faire comprendre l'essentiel. Pour le « père aliénant », l'enfant n'est qu'une « chose », cela explique tout !

— C'est exact. Si Robert Ledingue n'avait pas été une « chose » pour son propre père, celui-ci n'aurait pas pu le dresser contre sa mère. S'il n'avait pas été sa « chose », il ne l'aurait pas maltraité à l'âge où il commença à s'affirmer. S'il n'avait pas été sa « chose », le Petit Robert aurait intériorisé la loi. S'il n'avait pas été sa « chose », il ne serait pas devenu lui-même un « père aliénant », bref, quand l'enfant est pris pour une « chose » dans le rêve ou dans la réalité, il est surdéterminé à prendre les autres pour des « choses ».

— Je comprends mieux pourquoi le « père aliénant » n'est pas un simple père maltraitant. Si les juges comprenaient cela, ils ne se feraient pas berner.

— Mon cher Justin, « l'enfant-chose » n'est pas une « preuve tangible » aux yeux des procureurs ! Pourtant c'est la raison la plus importante pour comprendre les maltraitances qu'il subit.

— Peut-on dire que les maltraitances les plus sordides perpétrées par les « pères aliénants » ainsi que les blessures qu'ils infligent à leurs victimes, toutes découlent de la perception qu'ils ont de l'autre en général et de l'enfant en particulier ?

— Tout à fait exact.

— Ils n'éprouvent pas de sentiments de culpabilité ?

— Pas du tout.

— C'est étrange.

— Non, ce n'est pas étrange. Dans l'esprit du « père aliénant », la question ne se pose même pas, car il ignore l'angoisse de faute et de punition, Pour éprouver de la honte, des remords ou des sentiments de culpabilité il faut, d'abord, avoir reconnu l'autre comme sujet, or, pour le « père aliénant », l'autre n'est qu'une « chose », un objet qu'il instrumentalise consciemment pour atteindre ses objectifs.

— Il n'est sensible à rien ?

— Oui, il est très sensible à l'angoisse d'abandon, de perte et de désintégration. C'est bien connu, pour des raisons liées à son vécu au cours de l'enfance, le « père aliénant » a toujours peur d'être abandonné par sa victime, peur de perdre son

« amour », peur de se perdre. Bien sûr, il transforme ses peurs en accusations. Je me souviens… Robert Ledingue avait écrit à son « ex » une lettre « tragique » en lui parlant de son désespoir… Finalement, ce n'était que du vent pour la faire revenir, l'épater, l'appâter et la ferrer. Il faut savoir que le déni et la mauvaise foi faisaient partie intégrante de son fonctionnement.

— C'est quoi le déni ?

— C'est un mode de défense qui consiste en un refus de reconnaître la réalité de son propre vécu, en d'autres termes, c'est la négation des faits qui nous ont traumatisés. Le déni explique l'amnésie dont font preuve les enfants concernant les mauvais traitements qu'ils ont subis et qu'ils reproduisent à leur tour.

— Tu reviens toujours sur la répétition du « même » de père en fils.

— Je n'invente rien, c'est un constat clinique. Comme on dit, les chiens ne font pas des chats !

*

Le 4 octobre 2021

Justin rejoignit Paul sur la rive gauche de la Seine.

— Qu'est-ce qui t'arrive ? demanda Paul d'un ton inquiet.

— J'ai eu un problème avec le juge des Affaires familiales… elle a mis fin au stage que je faisais avec elle.

— Pourquoi ?

— Parce que j'ai compris, je lui ai dit qu'elle avait été injuste. Soudain, elle a crié : « Dehors ! »

Ris, ce n'est pas la peine d'en dire plus.

— Tu sais, je n'ai pas supporté qu'elle humilie la victime d'un « père aliénant ». Sans écouter les faits, elle a dit à la plaignante : « Madame, vous fabulez, vous feriez mieux de vous faire soigner. Monsieur est un père parfait, il aime votre enfant. »

— Quel cadeau pour le bourreau !

— Vu comment elle avait conduit l'audience avec la victime et son agresseur, madame la juge est coupable d'une faute professionnelle. Quelle g… !

— Calme-toi Justin, tu auras appris ce qu'il ne faut pas faire.

— Tu sais, tous les juges ne sont pas animés par l'idéal de la Justice.

— Je le sais. Avec ceux-là, les « pères aliénants » ne risquent rien. Je me souviens… Comme Ledingue songeait à demander la garde de l'enfant, il se rendait souvent au cabinet de la juge aux affaires familiales sous prétexte qu'il avait des choses importantes à lui communiquer. En réalité, son objectif c'était d'asseoir son emprise sur elle par la séduction, de manière à s'assurer sa sympathie, voire sa complicité. Et crois-moi, ça marchait à tous les coups.

— Bien sûr, la juge était une vieille fille ménopausée.

— Comment tu l'as deviné ?

— Ce n'est pas la peine de faire les grandes écoles pour le deviner.

— Ledingue était ravi de la rencontrer. Un jour, sous prétexte que c'était la Journée européenne de la justice, il lui offrit un bouquet de fleurs.

— Et bien sûr, elle l'accepta ravie !

— Comment tu l'as deviné ?

— J'ai du flair !

— Décidément, ce type de juge n'a aucun secret pour toi.

— Pas plus que monsieur Ledingue n'en a pas pour toi.

— Tu te trompes, j'étais loin d'avoir exploré toutes ses zones d'ombre. Quand j'ai lu mon rapport à la juge, elle m'a dit : « Monsieur le psychologue, vous êtes passé à côté de l'essentiel. Monsieur Ledingue est un homme respectable et respecté, il a les yeux rivés sur l'amour infini. »

Comme j'ai répliqué :

« Madame, comme tous les psychopathes pervers, il fait semblant d'être amoureux de "l'amour" » !

Elle n'a pas apprécié et m'a demandé de quitter son bureau.

— Qu'est-ce que Ledingue faisait dans la vie ?

— À l'époque, il était directeur de la banque « Crédit P.E.R.V.E.R.S ». Ce n'était qu'un « métier » parmi les nombreux « métiers » qu'il avait exercé auparavant. C'était, disait-il, le plus lucratif de sa carrière d'homme d'affaires. Quel personnage ! Il se définissait lui-même comme un homme avec un « potentiel » surdimensionné. Il n'avait à la bouche que le mot « potentiel ». Même s'il avait un corps de crapaud et une gueule d'hyène au regard froid et dédaigneux, il se croyait le plus beau ! Jour après jour, toujours vêtu d'un trois-pièces blanc, parfumé de la tête aux pieds, il accueillait aimablement les emprunteurs en détresse. Pour les « aider » à faire face au manque de liquidités, il leur prêtait le maximum d'argent à condition d'hypothéquer leurs biens. Grâce au « Crédit P.E.R.V.E.R.S », il réussit à se faire une belle fortune.

— Quel salopard !

— Mais oui, il n'avait pas d'états d'âme… les emprunteurs n'étaient pour lui qu'un « citron » à presser. Il se fichait de leurs difficultés et de leur souffrance. Il n'avait qu'un seul but, faire de l'argent « légalement » avec la vente des biens hypothéqués.

— S'enrichir « légalement » sur le dos des malheureux… l'ordure !

— Dans son esprit, les salariés de la banque n'étaient que des « chiffres »… il ne les appelait pas par leur nom, mais par le chiffre d'affaires qu'ils avaient réalisé dans la semaine. « Monsieur 100 000 euros, félicitations ! » « Monsieur 2000 euros, vous êtes un bon à rien. » Voilà comment il leur parlait.

— Incroyable ! Quelle crapule !

— Pour s'attirer la sympathie des pauvres, il leur proposait des prêts à la consommation à taux réduit à condition de faire le ménage dans la banque.

— Quelle générosité ! Le salopard !

— Un jour, son fils lui demanda :

« Papa, tu es l'ami des pauvres ? »

Il lui répondit :

« Non, mon grand, je fais de bonnes affaires avec eux. »

L'enfant demanda de nouveau :

« Quelles affaires ? »

Il répondit :

« Tu es trop petit pour comprendre les "affaires" des grands. »

— Quelle pourriture !

— Justin, il était comme ça, il ne s'intéressait aux autres que s'ils représentaient une « bonne affaire »

— Et bien sûr, son enfant représentait la meilleure des « affaires » pour se venger de son « ex » !

— Exact, tu as tout compris.

— Au fait, que signifie le sigle P.E.R.V.E.R.S ?

— Je lui ai posé la question, il m'a répondu : « C'est un secret. »

*

Le 6 octobre 2021

Justin se rendit chez Paul avec un cahier sous les bras.

— As-tu commencé à écrire ton livre ?

— Oui, j'ai écrit quelques pages. Mais plus je réfléchis et plus je suis perplexe face à la complexité du sujet. Tu sais, le « père aliénant » c'est comme un iceberg…

— C'est une belle image. Comment tu vas le traiter ?

— Ce qu'il m'intéresse de traiter c'est la partie immergée.

— Les causes subjacentes ?

— Exact.

— Justement, j'ai regardé sur internet ce qu'on dit sur « le syndrome d'aliénation parentale ». Tous les auteurs parlent de la partie émergée. J'ai pris des notes pour te les lire. Veux-tu les mettre dans ton livre ?

— Pourquoi pas ? Les lecteurs apprécieront certainement de contempler le « paysage » qu'offre la partie « émergée »… Il faut citer les auteurs.

— Désolé, je n'ai noté que les idées.

— Bon, j'espère qu'ils ne m'en voudront pas de les publier dans mon livre.

— Mais non ! Ils disent tous les mêmes choses. Écoute :

Le terme aliénation renvoie à l'étymologie latine « aliènatio » qui signifie éloignement, séparation, rupture, aversion. Il possède le double sens de : devenir étranger à, avec en plus une notion d'animosité à l'égard de la personne rejetée.

L'aliénation parentale se caractérise principalement par la relation d'emprise du parent manipulateur (aliénant) sur l'enfant, elle agit comme une reprogrammation, un « lavage de cerveau » ayant pour but « d'utiliser » l'enfant contre le parent cible (l'aliéné). « Instrumentalisé » par le parent aliénant, l'enfant dénigre le parent ciblé. Il ne cache pas son animosité. Il n'est pas ambivalent vis-à-vis du parent ciblé. Il prétend que personne ne l'a influencé. Il se considère comme

« penseur indépendant ». Il soutient de manière indéfectible le parent aliénant. Il ne se sent pas coupable vis-à-vis du parent ciblé. Il utilise des phrases et récits dictés par le parent aliénant. Il dénigre voire rompt les liens avec le parent ciblé, mais aussi avec l'ensemble de la branche familiale à laquelle ce dernier appartient.

L'instrumentalisation subie par l'enfant représente un viol de conscience, une amputation de la moitié de sa famille, de ses racines, de son identité, elle peut conduire à de graves troubles comportementaux ou psychiques.

— Merci, Justin, tu as bien résumé la situation. Le cas Ledingue illustre bien tes propos. Je me souviens… chez lui, tout était orienté vers la destruction de la relation entre l'enfant et la mère. Il voulait avoir le contrôle total de l'enfant. Il était incapable de reconnaître en lui un être humain indépendant et séparé de lui. En somme, il « utilisait » l'enfant comme une arme pour la mise à mort psychologique de la mère ? Assouvir sa soif de vengeance personnelle lui procurait le sentiment d'exister.

— C'est dramatique. Et malgré cela, la juge aux affaires familiales lui donnait « le bon Dieu » sans confession !

— Elle était bizarre. Pour des raisons qui m'échappent, elle ne voulait rien entendre sur l'œuvre aliénante de Robert Ledingue… Elle refusait que j'évoque l'état d'aliénation de son fils et les conséquences sur lui des manipulations meurtrières du père. J'ai appris plus tard qu'elle était cliente du Crédit P.E.R.V.E.R.S… peut-être que ceci explique cela. On ne le saura jamais.

— Paul, j'aime autant me taire.

— Je comprends. J'espère que le jour où tu obtiendras « le permis de juger », tu demanderas aux experts psys d'évaluer la face cachée de la personnalité du « père aliénant ».

— Avant, je lirai attentivement ton livre. J'ai le sentiment que tu es déterminé à l'explorer.

— Je vais essayer… Il faut impérativement que le « père aliénant » trouve sa place dans l'espace juridique et dans l'espace psychiatrique. Prétendre qu'il s'agit d'un phénomène de la société post-industrielle, d'une transformation de la morphologie de la famille et des mœurs, cela ne suffit pas pour expliquer ses comportements.

— Si je comprends bien ton objectif est de trouver les raisons qui font du « père aliénant » à la fois un criminel et un malade mental.

— Tout à fait. Mais un criminel et un malade responsable en grande partie de ses actes.

— Il me fait penser au pervers narcissique… quel est ton avis ?

— Il a certainement des traits communs avec lui, mais… Je me souviens… Ledingue avait instauré une relation avec son fils totalement perverse. Pour éloigner l'enfant de sa mère, il cherchait à lui faire croire que son « amour » suffisait largement pour le rendre heureux. Pour obtenir l'adhésion de l'enfant à sa cause, l'argument de « l'amour » et la diabolisation de la mère marchaient à tous les coups. Certes, il était pervers, mais pas seulement que pervers.

— Quoi d'autre ?

— Justin, ne sois pas si pressé… « Quoi d'autre », c'est justement l'objet de mon livre !

— Moi, je ne sais plus quoi dire d'autre sinon que le « père aliénant » est une véritable ordure…

— Ça, tu l'as déjà dit ! La question est de savoir pourquoi il se comporte comme une ordure.

— Tu l'as déjà dit, à cause de l'identification au père maltraitant, à cause des blessures de l'enfance…

— Tout cela joue un rôle important, mais sa façon d'être nous suggère d'autres pistes à explorer.

— Je t'écoute…

— Je me souviens… sous ses allures d'homme fort et adapté, Ledingue laissait transparaitre une grande fragilité. Il parlait de lui comme s'il parlait d'un personnage de roman. Quand j'ai compris que le récit de sa vie n'était que pure fiction, je me suis demandé aussitôt « pourquoi a-t-il besoin de s'inventer une autre vie ? » Il se complaisait à dire que sa vie était faite de « plusieurs vies ». Bien sûr, il faisait référence aux multiples métiers qu'il avait exercés. « Seul, disait-il avec un sourire conquérant, la fonction de directeur du Crédit P.E.R.V.E.R.S m'a donné pleine satisfaction. »

— C'est surprenant. Pourtant on dit que le pervers fait preuve d'une grande pauvreté au niveau de l'imaginaire.

— Chez Ledingue, il ne s'agit pas d'une activité imaginaire, mais d'une tendance exacerbée à la rationalisation.

— Qu'est-ce que tu entends par « rationalisation » ?

— C'est un mécanisme de défense, une stratégie d'adaptation, un processus de maîtrise, en général volontaire, par lequel Ledingue choisissait délibérément une réponse à un problème interne ou externe. Tu sais, les « rationalisateurs » sont comme la statistique, ils parlent de tout sauf de l'essentiel.

— La formule me plaît bien. À propos des mécanismes de défense, veux-tu m'en dire quelques mots ?

— Les mécanismes de défense sont nécessaires à la santé psychique. Il s'agit des processus mentaux automatiques dont l'action demeure inconsciente, le sujet pouvant au mieux percevoir le résultat de leurs interventions. Ledingue ne fonctionnait pas avec ce type de mécanismes, ce qui nous éclaire sur sa façon d'être et celle de tous les « pères aliénants » en général. Comme tout ce qui habite le psychisme, hormis les pulsions originaires, les mécanismes de défense s'acquièrent au fil du développement.

— Je te vois venir… tu es en train de dire indirectement que le « père aliénant » est dépourvu de mécanismes de défense de qualité.

— Justin, j'admire ta capacité à comprendre vite. En effet, le développement psychique de Robert Ledingue ne lui avait pas permis de se doter de mécanismes de défense de qualité. S'il avait été capable de refouler ou réprimer ses désirs, il ne serait pas devenu « père aliénant », s'il avait été capable d'altruisme et de sublimation, il ne le serait pas devenu non plus.

— Tu as l'air de porter l'accent sur quelque chose d'important. S'il te plaît, veux-tu me dire quelques mots sur le refoulement, la répression, l'altruisme et la sublimation ?

— Tu demandes beaucoup. Quand tu seras magistrat, imagine qu'un jour quelqu'un te demande de lui parler du Code Pénal… Bon, je vais te dire seulement quelques mots. Grâce au refoulement, nous expulsons de la conscience des désirs, des pensées ou des expériences perturbantes. La répression est une réponse aux conflits en évitant délibérément de penser à des problèmes, des désirs ou des expériences pénibles. L'altruisme est une réponse aux conflits internes ou externes par le dévouement aux besoins des autres. La sublimation canalise des sentiments ou des pulsions potentiellement inadaptées vers des comportements socialement acceptables.

— Donc, si j'ai bien compris, le « père aliénant » ne refoule pas ses désirs de mort, n'évite pas de penser à la destruction de l'autre, se fiche royalement des besoins des autres et de la dangerosité de ses propres pulsions.

— Je ne pourrais pas mieux dire.

*

Le vendredi 8 octobre au petit matin

Comme Paul prenait son petit déjeuner, le téléphone se mit à sonner.

— C'est moi, Justin !

— Pitié, Justin, il est trop tôt pour me poser de questions.

— Je t'appelle pour t'informer que le journal « l'Arrière-plan » organise ce soir une conférence-débat sur les maltraitances intrafamiliales.

— Qui est le conférencier ?

— Quelqu'un que tu aimes bien, la « juge » aux affaires familiales !

— Pitié, pas elle !

— Oui, oui, elle-même ! Il paraît qu'elle s'est fait une coupe de cheveux « Maryline Monroe ».

— Quand je l'ai rencontrée, elle avait une coupe « manouche ».

— Paul, nous n'allons pas rater l'évènement !

— J'allais te dire la même chose.

— Bon, on se retrouve à 19 heures devant la mairie.

Paul est arrivé à 19 heures. Justin l'attendait impatiemment au milieu d'une foule composée de jeunes parents, de grands-parents et de membres de diverses associations. Le député de la circonscription, monsieur Jacobin, fidèle à ses engagements républicains, serrait chaleureusement les mains des participants.

À 19 heures 15, le journaliste prit la parole :

Monsieur le Député Jacobin
Mesdames et messieurs.

Monsieur le Député Jacobin, merci de nous honorer par votre présence. Je sais combien vous tenez à être sur tous les fronts. Eh oui, nous le savons bien, vous exercez votre mandat comme un sacerdoce… Pour constater votre attachement aux valeurs républicaines et aux préoccupations des citoyens, il suffit de lire la presse régionale, vous êtes partout ! Monsieur le Député Jacobin, sauf avis contraire de votre part, le directeur du journal « l'Arrière-plan » souhaiterait publier votre photo afin que les électeurs sachent l'intérêt que vous portez aux maltraitances intrafamiliales.

Je voudrais remercier aussi Madame la Juge aux affaires familiales d'avoir accepté de participer à cette table ronde. Après avoir dit quelques mots d'introduction, Madame la Juge répondra à toutes vos questions. Je précise qu'il s'agit d'un débat, chacun peut intervenir quand il le souhaite pour témoigner de son vécu ou pour poser des questions. Madame la Juge la parole est à vous.

— Merci monsieur le journaliste. S'il vous plaît, fermez la porte de la salle, il y a un courant d'air désagréable… Ne riez pas, ma coiffure n'a rien à voir.

— Poursuivez, Madame la Juge.

— Depuis que je suis toute petite, j'ai horreur de l'air frais. Je suis prête à répondre à vos questions.

— Madame la Juge, dit en riant un jeune homme, vous avez oublié l'introduction ! Il faudra prendre vos cachets…

— Jeune homme, dit autoritairement le député Jacobin, au nom de la République, je vous demande de respecter Madame la Juge, sinon vous aurez affaire à moi.

— Monsieur le député, répliqua le jeune homme, pourquoi vous la défendez avec tant ardeur ?

— Jeune homme, demande à ton père de t'expliquer que le politique et le judiciaire n'en font qu'un.

— Et quoi encore, Monsieur le Député Jacobin, ignorez-vous la séparation des pouvoirs entre la justice et la politique ? C'est écrit noir sur blanc dans la Constitution de la Ve République ! Vous feriez mieux de retourner sur les bancs de l'école !

— Attention à toi, s'écria furieux le député, n'abuses pas de ma bienveillance sinon je vais te faire passer un mauvais quart d'heure…

Le journaliste intervint pour couper la discussion entre le jeune homme et le député.

— Mesdames et messieurs, nous sommes là pour débattre sur les maltraitances non pas pour se maltraiter les uns les autres.

Le jeune homme cria du fond de la salle :

— Ce n'est pas ma faute si la juge oublie l'introduction et monsieur le député réagit comme un con !

— Bon, l'incident est clos. Madame la Juge, vous avez la parole.

— Ah les jeunes hommes de notre beau pays ! À cause des défaillances parentales, ils vivent dans un monde de violence aveugle, ils manquent de repères, ils ne respectent plus rien.

— Madame, demanda le jeune, avec tout le respect que je vous dois, qui est responsable de ce que vous dites ?

— Si vous le savez, dites-moi.

— Je vais vous le dire : la politique aliénante et la justice à géométrie variable. C'est trop facile de tout mettre sur le dos des parents défaillants.

— Jeune homme, ignorez-vous l'existence des maltraitances parentales ? Si vous étiez juge aux affaires familiales comme moi, vous comprendriez le malheur qui frappe les familles. Je vous fais remarquer qu'il y a un rapport entre les maltraitances et les défaillances parentales.

— Madame, que pensez-vous des « pères aliénants », des systèmes de pensée aliénants, du pouvoir aliénant ?

— Les « pères aliénants »… quelle idée ! C'est une pure fiction des psys, le reste c'est de la propagande de l'extrême gauche.

— Madame, où avez-vous fait vos études ?

— Voyons, à l'école de la magistrature.

— Ça se sent, ça se voit… qu'est-ce que vous ressentez quand vous « jugez » les autres ?

— Je ne suis pas juge pour « ressentir », mais pour appliquer la loi.

— Madame, tout le problème est là.

Justin prit la parole :

— Madame la juge, ce n'est pas la peine de me présenter, vous me connaissez déjà. Vous dites que « père aliénant » n'est qu'une fiction des psys. Pourquoi vous dites cela ?

— Par expérience et par conviction. Je pourrais décrire un grand nombre de situations où le « père aliénant » n'existait que dans l'imaginaire des femmes désireuses de faire condamner leur compagnon pour aliénation de leur enfant. Quelle injustice ! Si vous saviez le nombre de fois que j'ai été obligée de les mettre à leur place sous peine de poursuites. Vous savez, quand j'entends une mère se plaindre du « père aliénant », ma décision est déjà prise.

Le jeune homme reprit la parole :

— Madame, avec tout le respect que je vous dois, je tiens à vous dire que vous êtes une calamité. J'ai eu un ami dont le père était un « père aliénant »... pour échapper à son emprise, il n'avait trouvé autre issue que le suicide.

— Jeune homme, je ne suis pas psychiatre, mais je suppose qu'il avait des problèmes dans sa tête qui n'avaient rien à voir avec son père.

— Madame, honte à vous !

Le journaliste, un peu embarrassé, prit la parole :

— Sur cet échange chaleureux, j'arrête le débat. Merci Madame la Juge aux affaires familiales. Je vous prie de rejoindre monsieur le député Jacobin pour la photo. Merci à vous toutes et à vous tous en espérant que vous avez passé une bonne soirée.

En sortant de la salle, Justin demanda à Paul :

— Qu'est-ce que tu en penses ?

— Rien de nouveau à l'horizon ! Si elle n'était pas juge, il y aurait de quoi mourir de rire, hélas, elle est juge…

— L'institution judiciaire devrait faire quelque chose.

— L'institution judiciaire a d'autres chats à fouetter.

— Paul, je m'interroge de plus en plus ?

— Quel est l'objet de tes interrogations ?

— Je me demande de plus en plus pourquoi je veux obtenir « le permis de juger »…

— C'est rassurant, tous les futurs juges devraient s'interroger sur leurs motivations. Après tout, nous devrions tous nous interroger sur les motivations de ce que nous voulons faire dans la vie. Il est vrai que vouloir « juger » ses semblables n'est pas la même chose que vouloir élever des chèvres et des moutons.

— Paul, as-tu bien écouté ce que disait le jeune homme ?

— Qu'est-ce qu'il a dit ?

— Il a dit au juge : « Avec tout le respect que je vous dois, qui est responsable de ce que vous dites ? Je vais vous le dire : la politique aliénante et la justice à géométrie variable. C'est trop facile de tout mettre sur le dos des parents défaillants. »

— À mon avis, il n'a pas tort. Je me souviens des projets politiques de Robert Ledingue… Il ne rêvait que de gagner les élections municipales. Devenir maire c'était son projet le plus cher. Pour atteindre son objectif, il n'hésitait pas à acheter les électeurs pour une somme d'argent qu'il calculait suivant leurs besoins et auxquels il promettait monts et merveilles. Jour après jour, il les endoctrinait avec des arguments fallacieux et, surtout, les rendait dépendants de son bon vouloir en leur prêtant de l'argent à taux réduit. Quand ses opposants l'apprirent, ils portèrent plainte pour manipulation des électeurs à coups d'argent, de montages faux ou trompeurs, de mensonges et de diffamations masquées.

— Il fut condamné ?

— Pas du tout. Pour des tas de raisons, malgré la loi n° 2018-1202 relative à la lutte contre la manipulation des électeurs, il ne fut nullement inquiété. Seuls les électeurs lui barrèrent le chemin de la Mairie.

— Heureusement, sinon il aurait empoisonné l'espace public.

— Il ne faut pas se faire des illusions, comme tous ceux qui lui ressemblaient, il ne pouvait être qu'un « père aliénant », un croyant aliénant, un politique aliénant, un banquier aliénant, bref, un citoyen « aliénant ».

*

Le 9 octobre 2021

— Je souhaiterais que nous parlions d'un fait divers d'actualité.

— Les « faits divers » ne manquent pas.

— Celui dont j'aimerais parler est particulier, il s'agit des « pères aliénants » de l'Église catholique, les pédophiles.

— C'est un bon exemple de « pères aliénants » dans la grande famille de l'Église… Certes, il ne faut pas faire l'amalgame entre les « pères aliénants » et les « pédophiles », néanmoins, ils ont un point en commun, tous sont des « hommes aliénants ».

— On estime à 216 000 le nombre de mineurs, entre 10 et 13 ans, victimes de prêtres, diacres et religieux depuis 1950. Ce nombre ne fait que grimper jour après jour. Il paraît que les « faits » étaient, en partie, bien connus par les autorités ecclésiastiques. Hier, un évêque a dit : « Notre engagement à tous dans le célibat est un choix d'amour, de délicatesse, de respect, d'humilité. Que certains parmi nous aient pu ou puissent détourner leur ministère au service de leurs pulsions nous accable, nous déchire le cœur. » Puis, suite à la question d'un journaliste, il a dit : « Le secret de la confession est plus important que les lois de la République ! »

— Il a déclaré aussi : « La confession ouvre un espace de parole libre qui se fait devant Dieu. »

— Ah ! Celle-là je ne la connaissais pas. Que penses-tu de tout cela ?

— Il n'y a pas de mots assez forts pour qualifier cette affaire. Ce serait trop simple de l'expliquer en disant uniquement que les agresseurs ont détourné leur ministère au service de leurs pulsions… Certes, ils étaient « aliénés » par leurs pulsions, mais quand on entend dire que « le secret de la confession est plus important que les lois de la République », cela pose un problème qui dépasse les pulsions individuelles.

— Quel problème ?

— Celui de l'aliénation orchestrée par les membres du « comité directeur » des religions. Marx disait « la religion est l'opium du peuple », c'est plus juste de dire que les institutions religieuses sont l'opium du peuple. Marx n'aurait pas dû faire l'amalgame entre la religion institutionnalisée et le sentiment religieux.

— Comment procèdent les membres du « comité directeur » des religions ?

— D'abord et surtout en faisant valoir l'idée qu'ils se font de Dieu, qu'ils définissent, imposent et valident à leur guise. S'il fallait chercher les racines de l'aliénation religieuse, c'est par là qu'il faudrait commencer. Il faut bien dire que si Dieu existe, il n'y est pour rien dans l'aliénation des hommes. Le visage de Dieu, le ciel et l'enfer, tout cela c'est une affaire inventée par l'homme. Il ne faut jamais oublier cela. Quand on fait vivre Dieu en personne dans le monde des hommes, en son nom tout devient possible y compris les crimes les plus sordides. Quand on « offre » Dieu comme modèle d'identification, cela ouvre la porte à toutes les folies, car Dieu ne peut pas être un « objet » d'identification pour l'homme. Je sais, maintenant, on met tout sur le dos, par exemple, du « Christ »…

Le Christ est devenu tout à coup le véritable modèle d'identification ! Aujourd'hui, « incarner » la figure du Christ est devenue une idée à la mode ! Justin, je n'ai rien contre les voies tracées par les « religieux » pourvu qu'ils ne privent pas l'homme de suivre celles de la condition humaine. Compte tenu de ce qui se passe dans les églises et dans les synagogues et dans les mosquées, il est temps de mettre à l'heure les aiguilles de l'horloge. Il est temps de prendre à bras le corps toutes les pratiques religieuses aliénantes. Il est temps de proclamer haut et fort que dans l'espace public la loi des hommes est plus importante que celle des religions. Nous sommes faits pour vivre comme des hommes, pas comme des « dieux ». Seuls les imposteurs, les menteurs, les « aliénants » se prennent pour des « dieux », parlent comme des « dieux » et se comportent comme des « ordures ». Ceux qui ont abusé des enfants sont des « ordures » et ceux qui les ont protégés aussi.

— Je me demande pourquoi ils sont allés si loin dans la transgression.

— Je t'ai déjà dit que l'identification à Dieu peut être la source de tous les maux. Quand on est persuadé, de participer à « l'être » de Dieu, tout ce qui sort de soi, vient de Dieu… Il y a eu des théologiens qui le concevaient comme ça. Quand ils célébraient un mariage, la mariée était tenue de passer la première nuit avec le prêtre.

— C'est vrai ?

— Bien sûr !

— J'imagine qu'à l'époque l'Église catholique ne manquait pas de vocations !

— Tu ne manques pas d'humour. Parmi les théologiens qui inventèrent ces « pratiques de transmission de l'esprit divin », certains furent brûlés vifs dans les places de l'Italie. Tu devrais t'intéresser à l'histoire de l'Église catholique, tout n'a pas été aussi idyllique qu'on le croit, elle a toujours eu ses « pères aliénants ».

— Selon toi, le christianisme peut survivre au XXIe siècle ?

— Je ne sais pas, je crains que l'Occident en tout cas cesse d'être chrétien plus vite qu'on ne le croit, certains pensent que le christianisme est déjà entré dans la phase terminale. Mais quand il s'agit des croyances, rien n'est jamais sûr. On aura beau proclamer la mort des croyances, elles renaissent toujours de leurs cendres.

— Pourquoi ?

— C'est simple, parce qu'une partie de l'humanité a besoin d'être aliénée pour exister. On n'y peut rien, certains ont besoin de croire, d'adhérer à quelqu'un ou quelque chose qui leur donne une consistance, un horizon, un but.

— J'ai été très sensible à la dimension aliénante des religions, je suppose qu'on pourrait en dire autant de la politique.

— C'est sûr, l'histoire l'illustre bien. Pense, par exemple, au peuple allemand avant et pendant la Deuxième Guerre mondiale. Il est évident qu'elle n'aurait pas eu lieu si le « père aliénant » n'avait pas existé. Tu sais, les méfaits de la politique et de la religion n'ont d'autre origine que la volonté toute-puissante des « pères aliénants » des églises et des nations.

— Je te fais remarquer qu'Hitler était un grand « fou ».

— Tous les « pères aliénants » se nourrissent de leur propre folie, cela ne les empêche pas de se comporter parfois comme des « pères normaux ».

*

Le 11 octobre 2021

— Paul, où en es-tu dans l'écriture de ton livre ?

— J'avance à petits pas. Je tiens à te remercier, tu m'aides beaucoup à mettre de l'ordre dans les idées.

— Tu sais, je n'ai pas conscience de t'aider, en revanche, tu m'aides beaucoup à analyser les comportements des « ordures ». Quand j'aurai mon

« permis de juger », ils n'ont pas intérêt à chercher à me berner.

— Mon pauvre Justin, ne te fais pas d'illusions. Ils ne sont jamais là où on les attend. Je me souviens… un jour, alors que je m'attendais à un discours destructeur sur son « ex », Ledingue se montra d'une bienveillance étonnante envers elle, il lui attribuait les plus belles qualités en tant que femme et mère. « Mon "ex" est une mère merveilleuse pour l'enfant, attentive, affectueuse, intelligente, généreuse. »

Comme je restais silencieux, il me regarda droit dans les yeux et demanda :

« Pourquoi vous ne dites rien ? »

« Monsieur Ledingue, je vous écoute. »

« Monsieur le psychologue, j'espère que vous mettrez dans votre rapport ce que j'ai dit sur mon "ex" ».

Il avait une idée derrière la tête. J'ai appris plus tard qu'il avait fait une formation à « la pensée positive » qu'il pratiquait avec les clients du « Crédit P.E.R.V.E.R.S ». Cela les encourageait à emprunter dans un climat de détente, de reconnaissance et de bonheur ». Pour lui, l'accueil « positif » n'était qu'un pur calcul pour faire des affaires et s'attirer la sympathie des clients. Gagner sur tous les terrains, c'était sa maxime. Au fait, en plus de l'argent, il cherchait à avoir l'emprise, « positivement », sur les clients ! Personne ne pouvait imaginer qu'il était un prédateur amoral, un loup à l'affut des agneaux.

— C'est bizarre qu'un type comme lui s'intéresse à la « pensée positive ».

— Ce genre de personnages ont plus de cordes qu'une guitare, hélas, tout sonne faux chez eux !

— Les clients ne se rendaient pas compte ?

— Quand ils s'en rendaient compte, c'était trop tard.

— « Prédateur amoral »... formé à la pensée positive, quelle contradiction !

— Il en avait d'autres toutes aussi criantes. Il était aussi responsable de la catéchèse de sa paroisse. Pour lui, c'était très important de s'engager dans la formation religieuse des enfants ! Il n'avait qu'une phrase dans la bouche : « Chacun doit apprendre à porter sa croix. »

— Qu'est devenu son enfant ?

— J'ai appris qu'il est tombé dans la drogue à 15 ans et qu'il a été hospitalisé en psychiatrie à cause de son père. Il y serait toujours. Je n'en sais pas plus.

— Quelle ordure !

— Je crains qu'un jour le fils lui fasse payer tout le mal qu'il lui a fait.

— J'ai lu dans la presse que Ledingue avait été condamné à un an ferme pour abus de confiance et escroquerie. C'est exact ?

— Oui, c'est la raison pour laquelle la justice avait ordonné la fermeture du « Crédit P.E.R.V.E.R.S ». Un mois après sa libération, il créa une entreprise d'eau de source en partenariat avec le sanctuaire de Lourdes. Il donnait des conférences partout. Selon lui, l'eau de la source de Lourdes était miraculeuse et avait de réelles vertus sur la santé. Hélas pour lui, le miracle n'eut pas lieu et fut contraint de fermer l'entreprise. Puis, il se découvrit une nouvelle vocation et prit la direction d'un service d'aide à la personne, le SAP.

— Le SAP ? C'est drôle !

— Ce n'était pas drôle pour les aides à domicile, il était exécrable avec elles. Un jour, il a dit à une salariée :

« Vous n'êtes pas payée pour écouter les chimères des personnes âgées, qu'elles restent dans leur monde. »

Elle réagit l'air outré :

« Monsieur Ledingue, l'écoute et l'empathie font partie de l'aide à la personne dépendante ou handicapée, vous l'avez dit vous-même aux journalistes. »

Il répliqua :

« Madame, oubliez ce que j'ai dit et obéissez aux ordres. Le SAP doit atteindre les objectifs que je me suis fixés. Un point c'est tout ! »

— Le salopard !

— Justin, il était comme ça. L'aide à la personne et les personnes aidées n'étaient pour lui que des « choses ». C'est la raison pour laquelle il fut licencié.

— Je vois mieux pourquoi tu tiens tellement à explorer le mal qui l'habite.

Le 13 octobre 2021

— Paul, je pensais à monsieur Ledingue… Qu'est-ce qu'il fait actuellement ?

— J'ai entendu dire qu'il traverse une phase difficile. Il paraît qu'il erre dans les rues, sous les ponts, seul, triste, désœuvré, sans but. Je suis sûr qu'il fait ça pour attirer l'attention sur lui. Je parie qu'il n'attend qu'à trouver une nouvelle cible pour rebondir.

— C'est incroyable qu'il puisse jouer allègrement une pluralité de personnages.

— Justin, il peut jouer tous les personnages sauf le sien.

— Je ne comprends pas.

— Pour jouer son propre personnage, il faut avoir construit son identité. Ledingue n'a pas d'identité, il n'a pas eu accès aux « expériences » qui permettent l'élaboration de l'identité. Voilà pourquoi il peut jouer l'image de tout le monde.

— Être « père aliénant » n'est pas une identité ?

— Non, c'est une prothèse pour tenir debout.

— J'aimerais le rencontrer.

— Je peux te donner ses coordonnées. Comment tu penses l'aborder ?

— Je ne sais pas, je pourrais lui dire, par exemple, que j'ai eu un héritage et que j'ai besoin de ses conseils.

— Alors là, tu peux être sûr qu'il va te recevoir les bras ouverts.

— Mais que va-t-il se passer s'il découvre mon mensonge ?

— Il ne le découvrira pas.

— Tu es sûr ?

— Je suis totalement sûr. L'argent des autres l'a toujours rendu aveugle ! Je me souviens… c'est un bon ami de Ledingue qui m'avait raconté cet évènement. Ledingue avait entendu parler de la fortune d'une vieille dame sans héritiers. Aussitôt, il s'intéressa à sa santé et de façon totalement désintéressée lui proposa de s'occuper d'elle, de l'amener à la messe, au marché, au parc de fleurs et au bord de la mer. C'est ainsi qu'il gagna la confiance de la vieille dame. Un jour, prétextant que la banque était fermée, il lui demanda 5 000 euros pour payer une dette. La dame ouvrit le tiroir d'une commode et lui donna ce qu'il avait demandé. Le lendemain, il s'empressa de lui rendre son argent. Un soir, quand il sentit que la vieille dame était prêtre à livrer ses secrets, il lui demanda :

« À combien s'élève votre fortune ? »

La vieille dame répondit spontanément :

« À trois millions environ. »

Ledingue réveilla tout à coup le prédateur qu'il y avait en lui et lui demanda d'un ton « sincère » :

« Voulez-vous me confier le capital pour le faire fructifier ? »

Elle répondit :

« Avec plaisir mon garçon, j'ai confiance en toi. Demain, nous irons de bonne heure à la banque. »

Malheureusement pour lui, ce soir-là, la vieille dame décéda dans son sommeil. Alors qu'il lui avait donné toute son affection et tout son amour, personne ne comprenait pourquoi il la maudissait après son « départ ».

— Le salopard ! Donne-moi son numéro de téléphone, je vais l'appeler.

— Qu'est-ce que tu vas lui dire ?

— Tu vas voir.

— *Allo ! Monsieur Ledingue ?*

— *Oui, que puis-je faire pour vous servir ?*

— *Justement, j'ai besoin de votre aide.*

— *Alors vous avez fait le bon numéro. Je vous écoute.*

— *Je me suis renseigné sur vous... sur votre expérience, votre « savoir-faire » et « savoir-être », je pense que vous êtes la personne qui pourrait m'aider.*

— *Monsieur, tout dépend de ce que vous allez me demander.*

— *Voilà j'ai hérité de trois millions d'euros et je ne sais pas où les investir.*

— *Vous avez dit « trois millions d'euros ? »*

— *Oui monsieur.*

— *C'est une belle somme ! Assez pour susciter l'appétit des banquiers. Faites-moi confiance, surtout n'allez pas le voir, ils semblent honnêtes, mais, croyez-moi, ils ne le sont pas.*

— *Merci pour le conseil.*

— *Vous avez bien dit « trois millions ? »*

— *Oui monsieur !*

— *Si vous me faites confiance, je pourrais vous rendre très riche. Bien sûr, tout dépend de vos motivations, voulez-vous les investir dans les œuvres caritatives, dans le textile, dans l'agriculture ?*

— Je n'en sais rien.

— Je vais vous dire, si vous êtes d'accord, je peux les investir dans une société de pompes funèbres.

— Quelle société ?

— Attendez, elle n'existe pas encore.

— Vous me proposez d'invertir dans une société qui n'existe pas ?

— Attendez, vous ne m'avez pas compris, je pourrais la créer. Si vous le souhaitez, nous pourrions être co-gérants. Personnellement, je souhaiterais être le seul gérant, c'est plus facile et moins coûteux sur le plan administratif.

— Quelle sera ma fonction ?

— Une seule, empocher les bénéfices. Ça vous convient ?

— C'est tentant, je vais réfléchir…

— Monsieur, il n'y a pas à réfléchir, tous les jours il y a des morts à enterrer. Je vous garantis le doublement de votre capital en seulement six mois.

— Monsieur, c'est fabuleux ! Pensez-vous qu'il y aura autant de morts à enterrer ?

— Monsieur, songez aux dizaines de gens qui meurent tous les mois, votre chiffre d'affaires explosera en deux ans et même moins.

— Excusez-moi, il faut qu'on parle de votre rémunération…

— Monsieur, ce n'est pas un problème, j'ai l'habitude de travailler gratuitement les six premiers mois, après nous parlerons de mon salaire.

— Vous travaillez gratuitement ?

— Je sais que cela peut surprendre... c'est ma philosophie, d'abord, enrichir les investisseurs, puis, penser à moi.

— Il en faudrait beaucoup comme vous !

— Je vous assure, vous ne trouverez pas quelqu'un comme moi.

— Je vous remercie pour votre proposition, je vais l'étudier avec soin.

— Je vous conseille de faire vite, car je suis très demandé. Autre chose, sachez que le marché de la mort n'a pas de secret pour moi, je le connais bien. Bon, peut-être à demain ?

— Attendez, je vous donnerai ma réponse après avoir consulté mon avocat.

— Un conseil, laissez les avocats là où ils sont, avec eux tout est trop compliqué, trop cher.

— Alors je vais consulter mes amis.

— Encore moins, les conseilleurs ne sont pas les payeurs, ils vont vous induire à prendre une mauvaise décision.

— Merci monsieur Ledingue. Je vous avoue qu'investir sur la mort des autres ne m'enchante pas.

— Allez, pas de sentiments, nous naissons pour mourir... Bon, si vous le souhaitez, je pourrais les

enterrer à prix réduit, mais je vous avertis, ils vont se bousculer dans la salle d'attente.

— Les morts ?

— Non, les familles. Ça se voit que vous ne connaissez pas le sujet. Pour gagner du pognon, proprement et vite, rien de mieux que les obsèques… les gens ne s'attardent pas sur le prix.

— Vous croyez ?

— Pour ceux qui leur sont chers, ils sont prêts à payer n'importe quel prix, d'autant plus qu'ils arrivent aux pompes funèbres dans un état de conscience modifiée. C'est le moment de gonfler les prix sans susciter des réactions désagréables.

— Je vois…

— Au fait, vous avez des frères et des sœurs ?

— Je suis seul au monde…

— Désolé… Après tout, on n'est jamais aussi bien servi que par soi-même. C'est triste à dire, mais c'est comme ça.

— Monsieur Ledingue, je vous trouve déconcertant…

— Monsieur, je suis un commercial… les affaires sont les affaires ! Si vous me faites confiance, je serai pour vous comme un frère.

— Excusez-moi, vous avez une femme, des enfants ?

— Non, j'ai choisi de bonne heure de faire de ma vie un sacerdoce au service des autres.

— Je ne comprends pas, j'ai entendu que vous aviez un fils.

— Oh, ce n'est pas la peine d'en parler, c'est du passé. Bon, confiez-moi vos trois millions et je m'occuperai d'enterrer les morts. Je suis à votre disposition, déterminé à faire de vous un homme très riche. Bonne journée à vous.

— Paul, qu'en penses-tu ?

— Je le reconnais bien. Il a mordu à l'hameçon. Tu vois, les trois millions l'ont rendu aveugle aussitôt. Il est comme ça, quand il détecte un « pigeon », dans son esprit il le voit déjà déplumé.

— Quelle ordure ! Il ment comme il respire.

— C'est un trait typique de la personnalité des « pères aliénants », ils sont les rois du mensonge. Tu vas le recontacter ?

— On verra, j'aimerais savoir jusqu'où il peut aller.

*

Le 15 octobre 2021

— J'aimerais revenir sur la question de la société…

— Quelle société ?

— La société dans laquelle nous vivons !

— Il y a dans la société d'autres « sociétés » dans lesquelles nous ne vivons pas. Il fut un temps nous avions une société aux valeurs partagées par la plupart des gens. Force est de constater que cette société-là est en phase terminale. Loin d'être une référence, elle est perçue par beaucoup de nos concitoyens comme une contrainte, un obstacle. Il faut se rendre à l'évidence que la société actuelle est composée d'une pluralité de microsociétés, parfois contradictoires les unes par rapport aux autres. Comme le montrent les faits de la vie quotidienne, chacune de ces microsociétés cherche à exister indépendamment des autres voire à imposer sa vision du monde aux autres. Comme disent les informaticiens, la société est de plus en plus fragmentée.

— Tu as raison, on assiste à la création de toutes sortes de « microsociétés » au sein de la société. Je pense à la « microsociété » dont rêvent les islamistes, mais aussi à celle dont rêvent les chrétiens, les libres penseurs, hétérosexuels, les homosexuels, les féministes, les dogmatiques, les névrosés, les psychopathes, etc. Quel regard portes-tu sur cette situation ?

— Je me demande quel est le but des partisans des unes et des autres.

— Penses-tu que les membres de la société au sens large risquent d'être aliénés ?

— Je ne peux pas répondre par oui ou par non. En tout cas, le danger existe à cause des « communautarismes » exacerbés et des « têtes pensantes » qui les dirigent.

— Quel regard tu portes sur les « communautarismes » ?

— Je les regarde avec des yeux de clinicien. Je regarde les individus qui les composent, car toutes ces « microsociétés » ont été bâties à l'image de ce qu'ils sont, de leurs aspirations, de l'idée qu'ils se font de l'homme, du bien et du mal, du droit et du devoir, de la place de l'autre dans leur vie et de la place qu'ils lui donnent dans la leur, etc. Au départ, elles ont toutes en commun : le sentiment d'injustice et le refus de se laisser rouler dans la farine par les tenants de la pensée dominante.

— Les « tenants » ou les « penseurs aliénants » ?

— Ta question est pertinente. Je me souviens… Ledingue disait à ses salariés : « Tant que vous penserez comme moi, je serai d'accord avec vous ! »

— Sale dictateur !

— « Dictateur » suffit, ce n'est pas nécessaire d'ajouter sale !

— Paul, on parle des « grands dictateurs » de l'histoire en oubliant de parler des dictateurs de la vie quotidienne, pourtant ils sont partout, dans la société « officielle », dans les microsociétés, dans les usines, dans les partis politiques, dans les universités, dans les tribunaux, dans les armées et bien évidemment dans les institutions religieuses.

— Je suis d'accord, dans tous les contextes il y a des « sauveurs » désireux de faire leur propre loi, d'imposer leurs croyances, leur vision de la vie. Je me souviens des propos de Ledingue à l'époque où il songeait à faire de la politique. Il disait : « Je suis fait pour dominer les autres. Je ne rêve que d'être un grand « chef », un « guide spirituel », le « Moïse » du peuple égaré ! » Quand je lui ai demandé comment il envisageait de réaliser son rêve, il répondit : « Comme les autres ! » Ledingue avait une admiration particulière pour Staline qui aurait dit : « Si vous n'êtes pas résolu à tricher, voler, tuer et soudoyer, vous n'obtiendrez jamais le pouvoir. »

— Le fou ! Il ne doutait de rien.

— Les dictateurs de la vie quotidienne sont comme les autres dictateurs, ils ne doutent de rien, ils sont persuadés qu'ils ont été « élus » pour conduire les autres à leur destination… ils se prennent pour le « père » de ceux qu'ils trouvent sur leur chemin et n'ont aucun scrupule à les instrumentaliser.

— Ledingue était vraiment dingue !

— Il n'avait pas la moindre conscience de son état mental.

*

Le 16 octobre 2021

— Paul, qu'est devenue la maman de Gabriel ?

— Pauvre Aline, dès l'âge de 12 à 15 ans, son fils lui a fait vivre un véritable enfer. Quand elle s'est rendu compte que le lien avec son fils était rompu, elle s'est laissé aller et le chagrin l'a emportée.

— La justice n'a pas cherché à connaître la cause de sa mort ?

— Non, le médecin légiste a écrit : « Est décédée de cause naturelle. »

— Honte à la justice !

— Je suis d'accord avec toi d'autant plus que sa mort avait été programmée par Ledingue et son fils.

— Que s'est-il passé après ?

— Ledingue pleurait sa disparition partout où il allait, les gens s'efforçaient de le consoler, mais il faisait de sorte à se montrer comme quelqu'un d'inconsolable. J'ai appris récemment que le jour des 16 ans de Gabriel, le père s'acharna à le culpabiliser, à le rendre responsable de la mort de sa mère. Soudain, il prit la décision de l'abandonner à son sort. Gabriel ne comprenait pas la réaction de son père et commença à déambuler dans les rues où il fréquentait de jeunes drogués. La suite tu peux l'imaginer. Il fit une bouffée délirante et fut hospitalisé en psychiatrie. Toutes ses tentatives pour attirer l'attention de son père se soldaient par des insultes, accusations et rejets. Il disait à son fils :

« Dégage ! Tu n'es qu'un tueur ! Un fils indigne ! Tu es la honte de la famille Ledingue ! »

Le jeune Gabriel pleurait toutes les larmes de son corps…

« Papa, j'ai fait ce que tu m'as dit de faire. »

« Menteur, criait le père en colère, je ne t'ai jamais demandé de dénigrer ta mère. Tu n'as pas honte de me dire ça après tout ce que j'ai fait pour toi ? Je t'ai donné une bonne éducation, de l'argent de poche, de l'affection, tout mon amour… Ne me demande plus rien. »

Gabriel cessa tout à coup de solliciter son père.

— Incroyable ! L'ordure ! La crapule ! Le salopard ! Comment a-t-il pu faire cela à son fils ? Il mérite d'être guillotiné.

— Calme-toi.

— Je n'arrive pas à me calmer. Et ça, c'est un père ?

— Justin, le « père aliénant » joue à être un bon père, mais il n'est jamais un père pour ses enfants.

*

Le 1er novembre 2021

Assis sur une terrasse entourée de chevalets des peintres, Paul lisait le journal « l'Arrière-Plan ». Justin est arrivé avec quelques croissants chauds. Il était 8 heures du matin. Les touristes avaient déjà envahi la Place du Tertre sous l'œil attentif des peintres-caricaturistes.

— Justin, écoute…

Il faut mourir au désir d'incarner la loi. « Un passant a trouvé pendu sous un pont monsieur Robert Ledingue, l'ancien directeur du "Crédit P.E.R.V.E.R.S". Qu'il repose en paix ! »

— Au bonheur ! Il s'est pendu ou il a été pendu ?

— Je ne sais pas, la police judiciaire évoque les deux thèses.

— Quelle est ton hypothèse ?

— La plus vraisemblable c'est qu'il a été pendu. Une enquête a été ouverte. Un policier a interrogé aussitôt la nouvelle compagne de monsieur Ledingue…

« Madame, c'est important pour moi de connaître votre sentiment. D'après vous, monsieur Ledingue s'est suicidé ou il a été assassiné ? »

Elle est exclamée :

« Je m'en fiche, l'essentiel c'est qu'il est mort ! »

« Madame, excusez-moi… »

« Monsieur le policier, je m'apprêtais à le quitter. »

— Et voilà, ça en dit long… À quoi bon chercher la cause de sa mort ?

— Justin, c'est important de connaître la cause de sa mort.

— Paul, je m'en fous, il est mieux mort que vivant !

— Mon ami Justin, ce n'est pas glorieux de se réjouir de la mort même de son pire ennemi. Il faut respecter les morts…

— Tu as peur qu'il te regarde d'en haut ? De toute façon, si l'au-delà existe, il est en enfer à perpétuité. Ledingue, il est bien là où il est, il ne fera plus chier les autres.

— Ça, c'est une certitude !

— Peut-être qu'il s'est pendu parce qu'il en avait marre de lui-même… qu'en penses-tu ?

— Je ne le crois pas. Comme la plupart des « pères aliénants », il n'était pas suicidaire. La mort l'effrayait particulièrement, il était incapable d'envisager l'idée de sa mort.

— Ça m'intéresse… pourquoi ?

— C'est une question complexe. Il n'avait pas vécu les « morts symboliques » alors il était totalement perdu face à l'idée de la mort réelle.

— Tu dis là quelque chose qui m'échappe.

— Tu vas comprendre. Les morts symboliques ne sont pas étrangères aux réactions que chacun peut avoir face à la mort réelle. Elles font partie intégrante du développement psychoaffectif normal et nous aident à mieux affronter la mort. Sans elles, nous n'irions pas très loin. Tu vois, on pourrait dire : « Pour être quelqu'un, il faut mourir à quelque chose. » Par exemple, il faut mourir à l'illusion de faire « un » avec l'autre, il faut mourir au désir d'être l'amour exclusif de l'autre, il faut mourir au désir d'incarner la loi, il faut mourir au désir d'être tout ou d'avoir tout. Tout au long de notre vie d'enfant et après aussi, nous ne cessons pas de mourir symboliquement à quelque chose et d'investir d'autres choses, sans quoi nous n'évoluerions pas. Le problème de Ledingue c'est justement d'avoir vécu en marge des morts symboliques. À cause de cela il a pu manipuler, instrumentaliser et programmer son fils dans la haine de la mère.

— Tu parles des « morts symboliques » comme si elles étaient la matrice du devenir, comme si elles étaient nécessaires au sens que l'on souhaite donner à son existence.

— Oui.

— Au fait, « le salopard » pourrait être défini comme quelqu'un qui n'a pas vécu les « morts symboliques »…

— Exactement.

— Tu vois, je pourrais être un bon psy !

— Tu seras un bon juge !

— Une chose est certaine, je ne serai pas un « juge aliénant ».

— Justin, tu m'intéresses, qu'est-ce que tu veux dire par là ?

— Paul, ne prends pas ton air innocent, tu sais mieux que moi que l'institution judiciaire ne manque pas de « juges aliénants ».

— Bon, on arrête là, ce n'est pas le sujet de mon livre.

— Mais c'est mon « sujet » !

— D'accord, nous en parlerons une autre fois.

*

Le 10 novembre 2021

— Paul, où en est l'enquête sur la mort de monsieur Ledingue ? A-t-on trouvé l'assassin ?

— Non. Les policiers soupçonnent le fils.

— Gabriel Ledingue est sorti de l'hôpital psychiatrique ?

— Oui, son psychiatre, le docteur Merlin, considère que son état mental s'est stabilisé et qu'il peut être suivi en ville par les infirmiers.

— Il ne se drogue plus ?

— Plus que jamais ! Il erre dans les rues avec son chien, dans la gare, dans les parcs, comme s'il voulait se libérer de quelque chose… Il frappe sur les vitrines des magasins, insulte les passants, provoque les forces de l'ordre et crie sans arrêt : « À mort aux crapules ! »

— Pourquoi on le laisse déambuler dans la rue ?

— Parce qu'il est « stabilisé » !

— Le psychiatre marche sur la tête ?

— Il est pour les soins en liberté…

— Pourquoi on soupçonne Gabriel d'avoir pendu son père ?

— Il a déclaré aux policiers l'avoir endormi sous un pont avec des barbituriques et l'avoir pendu après.

— Voilà, l'énigme est résolue !

— Pas du tout. Le docteur Merlin dit que Gabriel délire. Comme le procureur suit l'avis du psychiatre, il a demandé aux policiers de ne pas l'importuner.

— Quelle est ton hypothèse ?

— Je pense que les policiers ont raison de croire à ses déclarations. L'argument du psychiatre n'exclut pas le parricide, il peut délirer et dire en même temps la vérité, l'un n'exclut pas l'autre.

— Pour pendre son père, il avait sans doute une raison que nous ignorons…

— La raison est évidente, elle se trouve dans la relation ancienne qu'il entretenait avec son père. N'oublie pas que le fils fut conditionné par son père pour détruire la mère. N'oublie pas non plus qu'une fois la mère disparue, le père l'abandonna aussitôt. Finalement, Gabriel avait perdu, à l'âge de 16 ans, la mère et « l'amour absolu » que lui avait promis son père. C'est à partir de là qu'il trouva refuge dans la drogue pour tenter de juguler ses angoisses. Hélas, rien ne pouvait le contenir hormis la drogue qui devint son « enfer ». Il est plausible qu'à la suite du rejet et des accusations portées contre lui par son père, il ait décidé de le tuer. Tu comprends l'enchaînement des faits ?

— Je n'ai pas oublié ce que le fils représentait pour le père, d'abord, « une chose », puis, « un rival », puis, un « justicier », et, finalement, après avoir exécuté le désir du père, « un assassin ».

— Exact. Trois mots peuvent rendre compte du malheur vécu par le fils et de son désir de tuer le père : la manipulation, le leurre et l'abandon !

— Ces mots caractérisent bien la façon d'être et d'agir de monsieur Ledingue avec son fils. Paul, ton livre pourra intéresser les victimes des « pères aliénants » et les magistrats.

— S'il peut les aider à se poser des questions, et, surtout, s'ils comprennent que les « pères aliénants » obéissent à des lois psychiques particulières, je serai ravi.

— Je pense que Ledingue ne laissera personne indifférent.

Imprimé en Allemagne
Achevé d'imprimer en décembre 2021
Dépôt légal : décembre 2021

Pour

Le Lys Bleu Éditions
40, rue du Louvre
75001 Paris

www.ingramcontent.com/pod-product-compliance
Lightning Source LLC
LaVergne TN
LVHW052048160826
845678LV00015B/3132

* 9 7 9 1 0 3 7 7 4 8 8 5 0 *